楊秀嬌——編著

那一年，我們十三歲

中學生作文集

校長序

黃光雄

當楊老師捧著一疊稿紙進到校長室，邀我為本書寫序，看到她熱忱談著學生們的作品，中間還夾著有點泛黃用毛筆書寫她自己十三歲的作品，充滿了欣喜期待，讓我感動，由其眼神微微透出教育愛的光芒。

《那一年，我們十三歲》，直覺這本書名有點像九把刀的……，瞬間令人想到自己十三歲時人在那兒？又做了什麼大夢？十三歲是一個剛了解愛的季節。在這個季節裡，有我最純真的愛慕……想起點滴，又快速的崩落……但總有些感覺，是酸甜苦辣澀吧！通常在分享我的想法之前，我會先反問自己三個問題：「如何為本書加分？」、「如何鼓勵寫作的學生？」、「如何讓讀者也願意來閱讀？」

或許是心思被楊老師猜到，楊老師說：「校長，沒那麼複雜啦！我只是想請校長給孩子重視本書的意義。」你看多難的意境？會說出這樣的看法，可見老師的用心程度。其實楊老師本身學養俱優、極富愛心，教學都是盡心盡力，課餘勤於筆耕，出版過《編織人間情》，文筆流暢內容豐富，平時也不斷鼓勵孩子閱讀寫作，藉文字學習與自己對話，訓練孩子觀察描述能力，更希望帶領孩子悠遊文學瀚海，拓展文化視野，或許本書所呈現的筆法不盡然洗鍊，辭藻不盡然優美，但相信會是最真的感動。

廿一世紀是高倍速知識經濟時代，台灣的作家九把刀、大陸的韓寒都因大量的寫作而成名。讓孩子喜歡閱讀寫作，並養成樂於發表寫作的習慣，他會是下一個九把刀或韓寒，而每次的刊登發表都會是下一次成功創作的墊腳石，請大家一起來為孩子喝采逐夢。因為，這些作品都是孩子青澀年代最棒最好的作品，也是最珍貴的紀錄。教師或家長能否運用他們，讓孩子能更細心體驗生活，運用文字魅力，樂於與人分享，挑戰實現自我的可能，這也正是大家所期盼的。

在本書中，作者：淳安、俊宏、林柔、得新、定芩、亞芯、彥汝、芷伶……你們都好棒，「下雨天、可愛的校園、如果時光可以倒流、我最喜歡的節日、最難忘的一件事……」篇篇精彩，內中以你們為榮哦！因為你們都能任意揮灑自己的色彩，年輕創意不留白，比校長十三歲時幸福多了。

感謝楊老師用心指導彙整成冊出版。謝冰瑩曾說：「回憶不一定全都是美好的，然而，每一個回憶都是彌足珍貴的。」鄭重推薦大家閱讀這本書，《那一年，我們十三歲》一篇篇的精彩創作，實現了許多孩子的夢，也埋下了無限可能的種子。

主編序

楊秀嬌

出版這本學生作文集，就像是自己三年前出版的第一本書《編織人間情》一樣，從來沒有想過可以實現，但如今都一一化為實體的行動成書了，不是再一次證明了「心想事成」嗎？

擔任國文老師二十多年，批閱過無數學生作文、日記、週記，學生文筆常有令人驚艷之處：有的讀之令人捧腹，有的讓人低迴再三，有的更隨其生命故事起伏而感傷落淚。曾有一批學生常寫出圖文並茂的日記，甚至一篇日記可長達十幾頁，讓人大呼過癮！那時批閱日記是一種享受，是最愛不是最苦，因為那些文字不僅紀錄當時彼此的生活，更展現了學生無限的創意。

能夠為年少青澀的歲月留下隻字片語的回憶，讓年輕的生命有更多美好的可能，留待長大甚至年老時再回首細細品嘗，應該是一件很有意思的事情，哪怕只是童言童語，或是生澀不流暢的字句，只有寫下來並且細心保存，才能成為永恆。

我常喜歡與學生分享三十多年前自己國中時期的作文，那一篇篇用毛筆寫成的文章雖不成熟，但可是無價之寶喔！那些作文簿我小心翼翼的收藏，當然更是千叮嚀萬囑咐的希望學生在翻閱時也小心翼翼的，我笑稱那是傳家之寶，說不定以後還進得了博物館呢！

現在的學生就像三十多年前的我一樣，寫出來的文章未必最好，但在三十多年甚至更久以後，這些篇章就會是「無價之寶」、「傳家之寶」，甚至是博物館的

「鎮館之寶」（因為這些小小作家變成了大文豪），這個想法也許天真浪漫了點，但有誰敢斷言不可能呢？

有了想為學生出書的念頭之後，不再視改作文為畏途，而是努力尋找孩子作品的優點，鼓勵他們用心創作以成佳作。而學生除了可以完成作業之外，還可投稿出書，不是一舉數得嗎？雖然絞盡腦汁以成佳作是辛苦的，但經過陣痛之後，作品完成的剎那，所有的辛苦都是值得的。期望這樣的拋磚引玉，讓大家慢慢地愛上文字、愛上作文，時常沉浸在創作的樂趣之中，讓寫作成為人生幸福美好的事情！

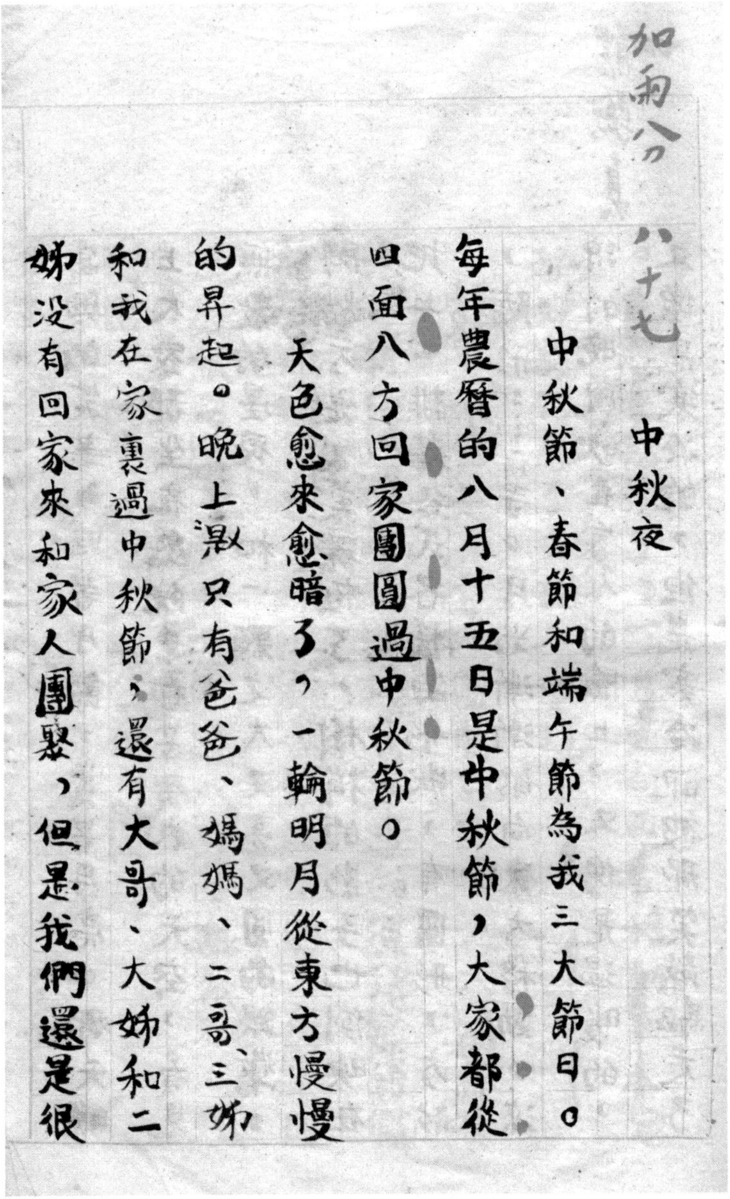
加兩八分

八十七

中秋夜

中秋節、春節和端午節為我三大節日。每年農曆的八月十五日是中秋節，大家都從四面八方回家團圓過中秋節。

天色愈來愈暗了，一輪明月從東方慢慢的昇起。晚上[illegible]只有爸爸、媽媽、二哥、三姊和我在家裏過中秋節，還有大哥、大姊和二姊沒有回家來和家人團聚，但是我們還是很

楊老師13歲時以毛筆書寫之作文〈中秋夜〉。

體驗真切。

高興的笑著，吃著月餅，賞著月亮。那天晚上大家都坐在庭院，看著廣闊的天空，看見無數的星辰，和一顆又大又亮又圓的銀盤，閃爍不定，美麗極了！樹梢的影子也倒映在地上，排著各式各樣的形狀，有圓形，方形，稜形……等。月光漸漸的向西方移動。涼涼的晚風吹在家人的臉上，又像是溫暖的，又像是寒冷的，但是寒冷卻被那笑聲驅走了

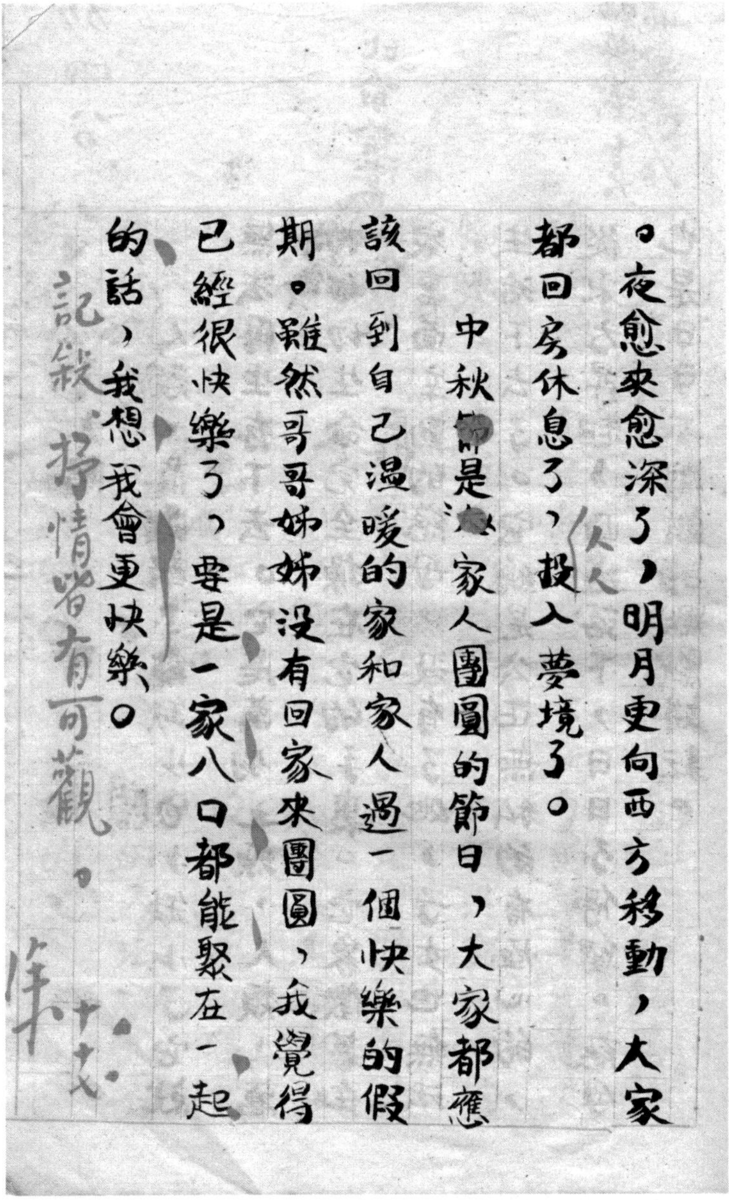
。夜愈來愈深了，明月更向西方移動，大家都回房休息了，投入夢境了。

中秋節是個家人團圓的節日，大家都應該回到自己溫暖的家和家人過一個快樂的假期。雖然哥哥姊姊沒有回家來團圓，我覺得已經很快樂了，要是一家八口都能聚在一起的話，我想我會更快樂。

記敘、抒情皆有可觀。

佳

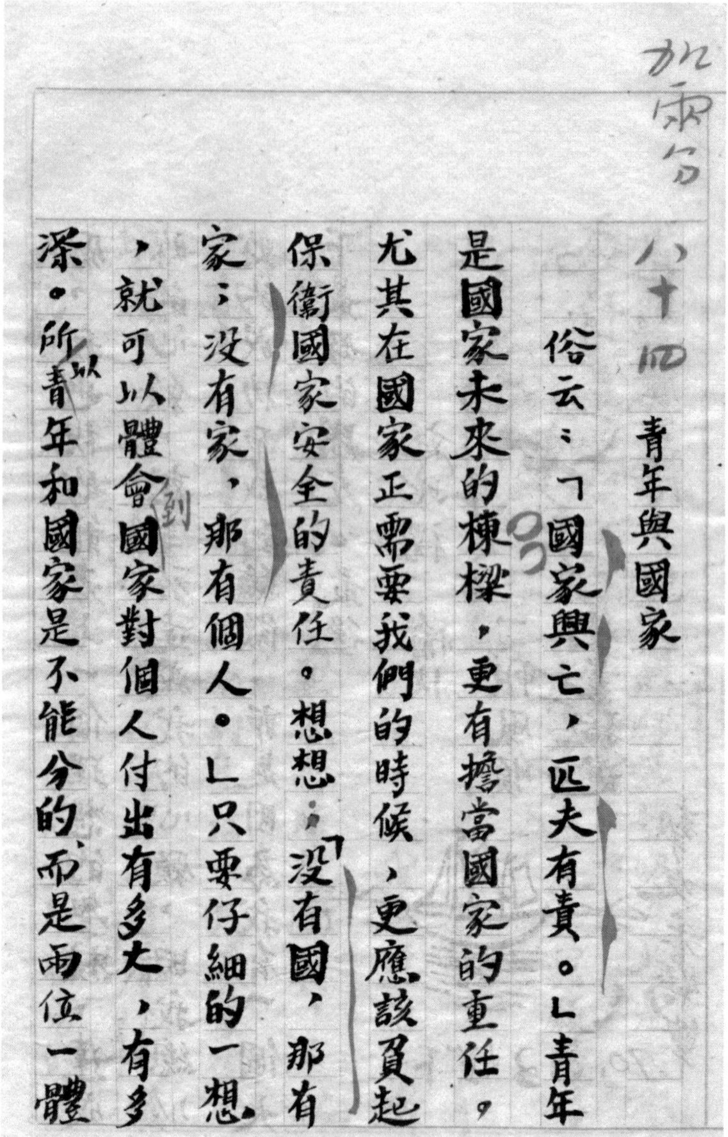
加兩分

八十四

青年與國家

俗云：「國家與亡，匹夫有責。」青年是國家未來的棟樑，更有擔當國家的重任，尤其在國家正需要我們的時候，更應該負起保衛國家安全的責任。想想：「沒有國，那有家；沒有家，那有個人。」只要仔細的一想，就可以體會到國家對個人付出有多大，有多深。所以青年和國家是不能分的，而是兩位一體

楊老師13歲時以毛筆書寫之作文〈青年與國家〉，
可見當時作文充滿愛國意識之八股文情形之嚴重。

的，缺一不可。

近來響應的坦克大隊愛國捐獻，正可表現青年的愛國熱忱，也是愛國的最好表現。錢數不在多，只要有這份心力就夠了。像如此的運動，身為青年的我們，都應該多加參與。國家是每個人的，人人都有愛護國家的義務，更何況是時代的青年，更要做的更好，國家培栽我們，給我們保障，使我們能生活無拘無束，這都是國家給予我們的快樂與富足。

一個國家的機運，就靠青年去改造，要靠我們的力量去維護與保衛，進而使我們的國家邁向康莊大道，建立三民主義的新中國。

條理分明，用詞穩妥，寫作俱佳，句句切題。

澤 三、廿

導師序

黃玉芬

《那一年，我們十三歲》，讓我的記憶不由得跌入三十多年前的國中校園。當時愛嬉遊不喜讀書的我，只有遇到作文課時才會正襟危坐、腸枯思竭的想要擠出一篇驚世之作，任同伴如何呼喚嬉鬧，我依舊如老僧入定般不為所動！只為今日嘔心瀝血之作，明日能夠得到國文老師公開的讚美，然後將它貼在教室的公佈欄。如此，我小小的作家夢就從同學欣羨的目光中不斷的膨脹再膨脹。

當然，我的作家夢至今還沒有實現過，曾幾何時，騷人墨客的情懷早就被日後升學的壓力與繁忙的生活所湮熄了。但更令人扼腕不已的是：昔日青澀年少的武文弄墨竟未曾留下隻字片語，無法為我當時的豪情壯志做一見證！感慨之餘，讓我不禁要為《那一年，我們十三歲》的主編——楊秀嬌老師喝采，因為她不僅細心暨有心的保留住自己國中時期的文章筆墨，更進一步「愛屋及烏」地指導、批改學生作文之餘，一方面用心良苦的想要為學生的青春記事留下永恆的感動；另一方面，也希望藉此一本書的指引，能使陷在作文迷霧中的國中生，有一個寫作的方向與靈感。

因此這本《那一年，我們十三歲》的付梓，不僅可以成為國中學生寫作之藍本，更可以讓書中每位小小的作者有著大大的驕傲。所幸，這些小作家們的「曠世之作」將可傳之久遠，甚至成為本書編者口中所說的「傳家寶」，不必如我般兩頭落空，不僅當不成作家，更沒能為過往的青春留下驕傲的印記！

《那一年，我們十三歲》，相信你已和我一般，忍不住再回頭去尋找屬於十三歲那年的記憶。你的記憶應該還很新鮮，你更樂意去探索其他人十三歲那一年到底在想甚麼？在做甚麼？就讓我們翻開扉頁一起馳騁在青春的大草原上！

家長序　夢的足跡

洪秀娟

夢想，常隨著人生不同的階段而轉變，兒時總是雄心壯志的許下大大的願望，不知天空有多高，就只想著能開飛機該有多好。入學了，崇拜老師，就開始立志要當老師。就這樣一改再改的長大了。

我的孩子的夢想都在他的作文裡一一呈現。小時的她常自己一人自言自語，玩著扮演的遊戲。這樣的孩子常會自己編織夢想，所以寫作對她來說是一種紓發，心中的夢工廠總是會創作出不同的作品，有時我對她的想像力有些佩服，因為我很少帶她四處走走。學齡前的日子，我忙碌於工作，一直感覺對孩子愧疚。雖然這樣，但還是很感謝她能從有限的時間與空間編織屬於自己的夢。

當然，如何構思呈現出一篇好文章，慶幸她能遇上一位良師，一位欣賞自己並能不吝賜教的老師帶領，引領孩子能大膽並純真的表現出其特色，謝謝秀嬌老師將她的夢與其他孩子的夢串聯起來，做成一份珍貴的寶藏，這寶藏將成為她們將來年紀漸漸老去時細細品嘗，並回憶著年少輕狂時的足跡。衷心祝福這些孩子們都能實現自己心中的夢想成為優秀的人。

目次

如果時光可以倒流

我最喜歡／討厭的節日

抽屜

我最喜歡的季節

最難忘的一件事

影響我最深的……

舊詩新作——過故人莊

下雨天

下雨天

謝淳安

「淅瀝！淅瀝！」「嘩啦！嘩啦！」天空滴下了斗大的淚珠，蚯蚓從土裡探出頭來歡迎雨的到來。

在不同的季節中，雨帶來了不同的感覺。每當到了春天，大地一片欣欣向榮，充滿了生氣，能夠下一場雨滋潤這片廣闊的土地，讓草木更顯青翠，這個世界便能夠充滿活力的迎接新的一年。夏天，艷陽高照，地球就好像快要融化了似的，下一場傾盆大雨，為萬物消消暑，清涼一下，多麼愉快！秋天，樹枝上掛滿了火紅的楓葉，菊花悄悄地綻放，下點小雨更添詩意。冬天，北風呼呼地吹，把人們的思緒悄悄地吹到天邊，下場雨把它們帶回來吧！

多麼快樂的下雨天，青蛙在池塘邊高歌一曲，雨滴為牠打著節奏，多麼涼爽的下雨天！把煩惱都帶走了，多麼神奇的下雨天！讓我所栽種的柳樹更添了一分美麗。

「滴滴答答！答答滴滴！」有人說雨天令人厭惡，有人說雨天令人期待，我認為雨天帶來許許多多的歡樂，一點詩情，一點畫意，雨天真是個神祕作家，為大地譜出了絕美的詩篇，為大地穿上了華美的衣裳，多麼美好的下雨天！

下雨天

陳玉貞

早上，當我起床時，發現外頭正下著一場嘩啦啦的雨，路上的行人來來往往，每個人手上都撐著一把雨傘，且都很急促的走，像是不喜歡這場大雨，所以想要趕快走進工作的地方好避雨。而我跟別人不一樣，我很喜歡這場大雨，它讓我有溫馨、思念的感覺。

說到這件事，得從小時候說起。還記得每當放學下雨時，媽媽便會撐著小傘在校門口等我，然後再一起手牽著手回家。而現在升上了國中，每件事都變了，放學後不但要自己走回家，而且也不再有溫馨的感覺，這讓我感到很傷心，所以我在日記裡寫下這些事，不知道是老天有眼，還是湊巧？那天，我忘了帶雨傘出門，可是放學時正下著一場大雨，這讓我很開心，因為就在這天，媽媽居然在校門口等我，好像回到國小一樣。

另外，我也很感謝老天爺常常下雨，因為大家所吃的米飯，下雨也有功勞，它能讓米飯更好吃、更美味。還有，我覺得下雨之後的景色優美，花朵上充滿雨滴，有時會有彩虹和蝴蝶在旁裝飾，就像夢遊仙境，走到了一個沒有約束，很自由的世界裡，還可以做一些可愛的晴天娃娃掛在窗邊，這會讓景色更美，最後，我希望可以常常下雨。

可愛的校園

可愛的校園

蕭俊宏

當光明驅走了黑暗之後，校園又從夢中醒了過來。樹葉上的露珠，被陽光照射著，發出耀眼的光芒。這裡十分幽靜，只有樹梢上的小鳥兒，彼此輕聲細語地訴說昨晚的夢。

一進校門，映入眼簾的是那個美麗的校園，裡面有花朵和蒼翠的樹木，有如一個小型的世外桃源；而外面是清澈的水池，點綴著金魚與水草，紅與綠，格外顯明。那小巧玲瓏的金魚，拖著比身體還大的尾巴，搖來搖去，真是有趣！

最好玩的地方，要算那兩塊大草坪了，綠草如茵，輕柔柔，軟綿綿，像兩塊綠色的大毛毯，真令人想到那裏去滾一滾。草地旁邊，是美麗弧形的跑道，而跑道的旁邊，種著高大的木棉和嬌豔的芙蓉花，前者的挺拔，有一股英雄氣概，而後者的嬌柔，卻讓人有一種清新的感覺。

操場正前方，有一座雄偉的司令台，主任在上面講話時，有令人畏懼的大嗓門，而司令台兩旁一間間的教室。上課時，由那兒傳來琅琅而和諧的讀書聲，下課時，同學們像脫韁的野馬衝到操場，有的玩、有的運動，也有的衝向福利社，使整個校園都熱鬧起來。

我們的校園，有水池、有樹、有美麗的花朵，真是一個可愛的地方！

可愛的校園

李定芩

再度回到母校，六年的回憶突然湧現在我眼前，學校的一景一物彷彿還在我的身旁圍繞著。穿堂的壁報、球場上的籃球架、教室裡的桌椅……等，一一勾起我的國小回憶。

記得有一次，因為頑皮，竟跟著男同學一起跑到花園去抓螳螂。在上課時，覺得無聊，就把牠放出來，讓牠在我的手上爬來爬去，當時的我真是「初生之犢不畏虎」，根本就不知道螳螂的危險性！還有一次，外面下著大雨，我開心的跑到校園每個花圃裡，看看哪盆積水位置較高，就一腳踩進積水裡，讓雨水噴得到處都是，雖然那時滿足了自己的興致，但一回到家，就被媽媽罵得狗血淋頭。不過現在回想起來，我真是天真啊！

從來沒參加過語文競賽的我，在六年級那一年，竟然被老師選上，派我代表去參加國語文朗讀競賽，一聽到這個消息，雖然嚇壞了，但媽媽卻鼓勵我，讓我參加，我只好硬著頭皮去受訓。在暑假的每天早上，都要到學校跑操場練肺活量，還要練腹式呼吸，才能跟老師開始練習朗讀的文章，老師提醒我，朗讀要注意抑揚頓挫、大笑聲、表情豐富……等，經過好幾天的魔鬼訓練，終於在比賽中獲得第三名。我想，比賽並不是要看結果，而是要享受其中樂趣。

現在身為國中生的我，飽受升學壓力之苦，回想國小生活，真懷念那無憂無慮的日子，好想重回那美好的快樂時光，當個天真的小學生。

校園之美

曾新雅

漫遊在綠蔭蒼蒼、鳥語花香的校園中，有一個不怎麼起眼的小角落。地板以木板鋪道，上頭則擺了幾個可愛的小玩偶。這看似不起眼的小地方，卻深深的吸引住我的視線。

可別小看這些玩偶，它們可是由數個小盆栽所組成。它們之間擺了個小石桌，彷彿是在下棋，又好似在泡茶聊天。經陽光的照耀襯托之下，更顯生動。仔細聆聽，似乎還能隱約聽到它們有趣的談話。

到了冬末春初的季節，正值櫻花盛開。在枝頭上正盛開的櫻花，好似在對我招手，要我一同參加它們的春之饗宴。我情不自禁地走過去，投向它們的懷抱。此時微風徐徐吹來，枝頭上的櫻花花瓣紛紛落下，形成櫻花雨，讓我忍不住陶醉其中，與它們共同翩翩起舞。這一切是那麼的美，美得懾人心魂，讓我忍不住徜徉其中，連時間也為此美景停留讚嘆。

在校門口有一處模仿歐式宮廷風格的庭院，營造出浪漫唯美的氣氛，但又不失現代感。在綠草如茵的草地上，矗立著一座小型的太陽能發電板，身旁還有一座小風車。微風吹來，風車輕輕地轉動，狀似在和我打招呼，又好似在和陽光招手。太陽能板也因為陽光的照射反射出燦爛的光芒。好一個輕鬆愉快的午后！

其實，只要用心留意、細心體會，處處都有美的蹤跡。大至一個景物，小至一棵植物，只要稍稍留意，不也是一個奇妙的小世界嗎？

國中生活新體驗

陳玉貞

剛進國中的我，對國中生活還有很多不適應，國中的課業比國小重，而且整天考試。國小下午三點半放學，而國中則要五點左右才能回家。上學時，六點就得起床，而國小七點起床就來得及。但我很高興我能進內壢國中，不但交到許多好朋友，也有很多好老師教導我功課及做人處事的道理。

雖然我一開始並不想上國中，因為害怕課業很重，但我發現只要上課認真聽講，回家後按時複習，就可以考得不錯，且內中有如此大的操場及令人看了就想躺下的草皮，還很適合踢足球呢！通常下課時員生社的人最多，當我充滿好奇心的往裡面走時，發現裡面有許多東西，有水、飲料、麵包、餅乾……等，最重要的是，裡面有一位和藹可親的阿姨。

經過開學兩個月的體驗，學校的生活讓我很滿意，因為有我的好朋友陪我度過，我也很高興能和她們同班。下課時聊聊天，有時到處走走，有時她們也會陪我去員生社買好吃的東西。希望我能交到更多更好的朋友，也希望大家在學校的三年能共創美好的回憶！再來，我很慶幸我有這麼好的老師，希望這三年能和老師成為無話不談的好朋友，我覺得國中生活讓我有了全新的感受。

發現校園——美麗的後花園

林柔

下課時間的校園，總是特別熱鬧，有的人要去打球，或是去找朋友聊天，但是在這人來人往的校園裡，卻沒有人願意停下腳步，慢慢的欣賞這充滿生機，充滿驚奇的校園。

我漫步在這廣大的校園裡，看到一隻正翩翩起舞的蝴蝶，我被那曼妙的舞姿給吸引，不知不覺就走到一處幽靜的小角落，那裡的小石桌和圍牆上爬滿了藤蔓，看過去有幾分淒涼，輕輕地將上面的藤蔓和枯枝落葉撥開，愕然發現，上面刻有牡丹花的精緻圖案，我坐在石椅上，看著耀眼的陽光從樹葉間灑落，聽著鳥兒清脆的交響曲，靜靜的欣賞著這美麗的情景。

當我從這夢境般的世界裡醒來，我又發現一個特別的地方。從小石桌那，往裡面走一點，就能看見，由五顏六色的花拼湊成的小世界，而現在正是個百花盛開的季節，那裡的朵朵小花都爭奇鬥豔，彷彿是在舉辦選美大賽。但是在花群之中，我卻最喜愛角落裡的「野牡丹」，它雖然沒有鮮艷的衣裳，卻有淡淡紅紫色的洋裝，令人賞心悅目。這朵野牡丹在陰暗處，努力綻放光芒，在花群之中爭取嶄露頭角的機會，利用自己獨特的色彩，吸引大家目光，也讓美麗的蝴蝶來作伴。

在這個小角落，我能夠忘掉所有的煩惱，還有功課的壓力，也能從煩悶的教室裡解脫。有時我會想像，如果能像那朵小花一樣，有種不輕言放棄的精神，我一定會有更充實的生活。這個小角落是我生命的加油站，一旦加滿油，就會離開，現在上課的鐘聲正催促著我，轉身道別這裡。但這個離開不代表永遠，只是片刻的離別。

發現校園

劉得新

才開學的第二個星期，我就已經被課業壓得喘不過氣了，因此我下課常在校園走一走，以紓解壓力，更喜歡在一棵大樹下享受幽靜的時光，它總能讓我一次又一次的流連忘返。

校園雖美，但美中不足的是總會有人在旁追逐嬉戲，無法在完全安靜的情況下欣賞風景，感覺有些不滿足。在一次偶然的機會下，我發現在校園一角有一小片猶如世外桃源般寧靜的草地，之後我就常常躺在草地上看雲，在這裡我沒有任何煩惱，很自在地欣賞，將煩人的課業抛至腦後。

幾乎每節課，我都會挪出一些時間賴在空中奔跑的白雲上。在這裡不會有擾人的嬉鬧聲，不會有沉重的課業，偶爾有人經過時清楚的交談聲更襯托這裡的寧靜，使我可以自由自在享受自己的時間。

隨著時光飛逝，課業也越來越繁重，因此我能造訪這寧靜角落的時間明顯減少了，即便如此，我仍然會儘量空出時間來這裡，我甚至不曾帶過同學來這裡，只因為自私的想一人獨享這裡的景色，也不希望有更多人知道這裡，直到以後。冬天來臨，許多草木都枯萎了，我滿心期待春天的到來，想著這裡更加欣欣向榮的景色。

但沒想到放完一個寒假後，美景竟不再造訪，此地已被改建成一座小操場，美麗的情景我只能在夢裡相見，無法再次親眼目睹，心裡有說不出的感傷，自由的天地就此消失無蹤，因此有一段時間課業明顯退步，但就算我再怎麼傷心難過都不能改變這個事實，所以我決定不再為此蒙蔽從前開朗的自己，校園裡美麗的地方何其多，我不需要為了其中一小部分的改變，而影響我多采多姿的校園生活。

如果時光可以倒流

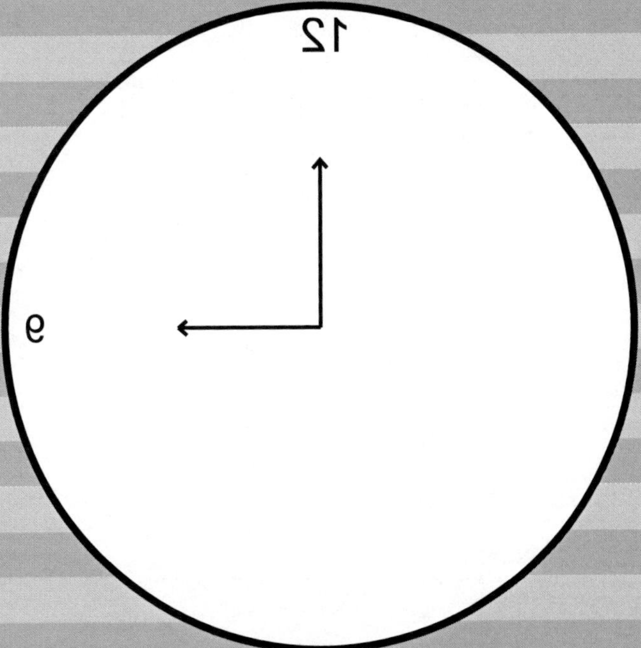

如果時光可以倒流

邱雨庭

如果時光可以倒流，我想回到第二次段考的日子。

那天，是第二次數學段考，監考老師發下題目卷和答案卷後，班上只有寫字的沙沙聲，考場瀰漫著嚴肅的氣氛，真叫人感到百般的緊張！

而坐在桌前的我，也同樣在努力的寫、拼命的寫，只是我的思緒被緊張的氣氛搞得越來越亂，題目想得越來越不對勁。隔天，數學老師把改好的考卷發下來，一拿到考卷，已做好準備的我，還是不禁掉下了眼淚。

晚上，我把考卷拿給爸媽看，爸媽沒有責備我，但我知道，我又再次讓他們失望了。因此，那時的我，把所有對我考試的缺點全都想了一遍，並且承諾下次絕不再犯。

考試本來就是這樣啊！有好也有壞，可是重點是在於——你對於錯誤有沒有真的改進？我想，經過各種考試的磨練，讓我懂得考試時的禁忌，也要切記一件事——時光不可能因你而倒流，所以要懂得珍惜、把握每次的機會，千萬別留下任何的遺憾。

如果時光可以倒流

楊欣

如果時光可以倒流，我希望所有的事物都能重來，如果時光可以倒流，我希望我的身體可以跟其他的小孩子一樣，都可以健健康康的。

說到身體健康這一件事，就是要回到我小學三年級的時候了。在我小學三年級的一個暑假，我突然高燒不退，原先媽媽以為是一般的小感冒而已，可是，越到後面也就越怪了，因為所有的藥，只要一吃下去就馬上吐了出來，媽媽在一旁看著我每一天都這麼辛苦的和病魔搏鬥，她看了也覺得好心酸，媽媽還是不氣餒的帶我去了壢新醫院看病。一去，主治醫生就發現我的病可不是一般的感冒，我得的是一種叫「川崎氏症」的病，通常是發生在三歲到五歲的小孩子身上，可是，當時的我已經九歲了！

因為這場病，爸爸連班都上不下去了，媽媽更是連飯都吃不下，家裡所有的步調都因為我改變了。夜裡隱約聽到啜泣的聲音，原來是媽媽因為擔心而躲在被窩哭。醫生告訴我們這一種病小醫院無法治療，必須送到更大的醫院才行，之後我就被送到了林口長庚醫院，醫生也說這一種病如果不早一點發現，那就有可能因為血液凝結成塊而死，或因為細菌侵入心臟的大動脈而死，不過幸虧爸媽有提早治療，不然我早就沒命了啊！之後打一種叫「免疫球蛋白」藥劑，我也就奇蹟似的好了起來，真是神奇！

可是，好是好了，總是有一些後遺症吧！我的症狀就是「關節炎」，真是讓我痛得快去自殺了，只要雙腳動一下，眼淚就會不由自主的流了下來。媽媽又幫我買了一台輪椅，好讓我在家也可以自由活動，可是我現在每年的暑假都還要回醫院看心臟科，爸爸為了這場病花了好幾十萬在我身上。

如果時光可以倒流，我希望這場病可以不要發生，讓我可以自由自在的和小朋友一起出去遊玩。如果時光可以倒流，我希望所有的人都能健健康康、平平安安，在我心裡面真是有說不盡的感謝……。

如果時光可以倒流

郭亞芯

小時候的粗心大意，造成了我的腳上有一條醜陋的疤痕。若是時光可以倒流，那我會希望回到國小四年級發生事情的那天。

當時我在安親班寫著暑假作業，為了要趕功課，因此忍住不上廁所，等到我真的忍不住了，就匆忙的穿上「未防滑的拖鞋」往廁所狂奔，突然一個不小心，就被廁所的磁磚階梯絆倒，有一股陣痛從我的右腳襲來，那時我穿著襪子，心想應該沒甚麼大礙，忽然襪子滲出有如花朵綻放的紅色鮮血，我……嚇壞了，一脫下襪子，腳上多了道裂縫，我急忙的衝去找姐姐，被站在牆邊的家長撞見，於是她連忙把我抱起來跑向娃娃車，送我進醫院。

一得知我要縫針，淚珠像瀑布般地湧了出來，我躺在床上不知痛了多久，護士才幫我縫好，媽媽聽到這個消息時，也連忙從公司趕過來，我知道，我又害家人擔心了。回家後的好幾個禮拜不能去學校，爸媽也為了我一直向公司請假，如果一切真的能夠再重來的話，爸媽就不會為了我而那麼辛苦了。

這道疤痕的存在也隨時給我警惕，千萬不能再這麼粗枝大葉。不過，人活著就是要走向未來，不要一直看著過去。如果時間真的可以倒流，我還是會記取那次的教訓，繼續走向未來的人生。

如果時光可以倒流

陳玉貞

我想要回到小學二年級運動會的時候。那時我因為是全班跑最快的，所以下課時都不練習，直到將要比賽了。

當裁判舉起槍，朝著天空，突然，「砰！」了一聲，我因為經驗不足，加上平時沒有練習，所以剛起跑就跌倒了。當時全場哄堂大笑，我覺得超丟臉的，但又怕別人說沒有運動家精神，所以我也只能低著頭、紅著臉繼續跑了，理所當然的，我也就沒拿到名次。

事後，我不敢面對同學，因為當時有人跟我說要練習，但我卻固執的說不要，早知道如此，當初就該聽那個人說的話，好好練習，說不定還有得名的機會。每次想到這段回憶，我就後悔不已。

時間是不能倒流的，所以做事一定要把握當下，平時也要常練習，機會是留給準備好的人。美國有一個籃球好手——麥可．喬丹，大家都叫他「飛人」。曾經，他在球隊裡是非常矮的，但是他沒有放棄籃球，反而一直練習，果然，皇天不負苦心人，終於有一天他成為正式隊員了。

雖然，時間是不能倒流的，但我希望能回到以前，重新來過，我一定會好好把握。可是，仔細一想我覺得與其回到過去，倒不如把握現在，別再虛度光陰了。

如果時光可以倒流

謝淳安

翻開那一本本早已有些泛黃的相簿，一張張燦爛如同太陽一般的笑臉呈現在眼前——爸爸學生時代的照片，真是特別令人難以忘懷。

看著那每天早出晚歸，辛勤工作的爸爸，儘管臉上爽朗的笑容猶在，但眼神中卻流露出了多年來為家庭努力打拼的疲憊。在學生時期的爸爸，也曾經是個有無限夢想的學生。每天在球場上奔跑的他，希望能夠當個運動選手，在各項體育比賽中奪得亮晃晃的金牌，站在講臺上領取獎牌時，臺下有閃爍不停的鎂光燈，那樣該有多麼威風呀！

小時候，爸爸總是帶著我和姊姊在球場上玩耍，當時的我只覺得打球十分有趣。在時光一點一滴慢慢溜走時，我也漸漸體會到了，打球對爸爸來說不只是個遊戲，更是他對童年無限深長的回憶，看著照片就好像看見了學生時期的爸爸。現在我和姊姊的課業變得更加繁忙了，到了假日時，爸爸總是孤單的看著電視上正播出的球賽。

好希望時光可以倒流，讓我去看一看在球場上快樂奔跑的他，在球賽中為他加油打氣，並和他一起練習球技，好希望能回到爸爸的學生時代呀！

如果時光可以倒流

林柔

時間是一去不回的，許多事情都只有一次機會，當你沒有留住那個機會時，你會有多麼後悔呢？或是有可能會犯下一個無法抹滅的錯呢？若是可以回到當初，你會如何改變，如何去面對呢？

在我國小四年級時，曾犯下一個令自己至今後悔不已的事，每當掀開那回憶時，感覺分外地痛苦！以前我家附近有一個超商，那裡的店面不大，但糖果、零食琳瑯滿目，每當放學時，總會到那裡買個東西吃。但有一次月考，我考得不是很理想，被爸爸、媽媽大罵，說要禁足我一個月，也不給我零用錢，所以我就不能買糖果吃了。過了幾天，終於忍不住糖果的誘惑，走進店裡，趁店員不注意，拿走了一包巧克力，回到家裡享受巧克力的甜美滋味。那時我認為沒有人發現，所以就接二連三的去偷東西。有一次店員問我可不可以檢查口袋，當時我嚇壞了，心跳加速，開始冒汗，結結巴巴的說我有東西掉在裡面，請等一下，我用飛快的速度將東西放在籃子裡，店員搜完後，我膽顫心驚的走出店裡，快步地跑回家。

經過那一次之後，我就不敢再偷東西了，如果可以回到當初，我會想清楚再做，也會承認自己有偷東西，去面對自己犯下的錯，不讓這個陰影留在心底，跟著自己一輩子。

如果時間可以倒流

劉芷伶

如果時間可以倒轉，那我想大家一定想把不好的重來，把好的當作好的回憶，所以做每一件事都要想清楚，要想這一件事情做出來是不是會傷到別人？是不是好的？

我自己都覺得跟父母頂嘴是一件非常不好的事情，但我講話很衝，很容易傷到別人。有一次，我可能忍那一件事情已經很久了，因為我弟弟哭，我媽就說：「好了！好了！不要哭了！」我就說：「之前我哭，你也沒有安慰我，還對我生氣！你根本就是重男輕女！」我還把很多事情都搬出來講呢！而且，我還一邊吼、一邊哭，最後媽媽一直跟我講，講到最後她已經快瘋了！就衝進房間，過一下子，爸爸就說：「你看你媽媽在房間哭了！」我那時真的不知該怎麼辦，後來我想一想，其實她對我是最好的，很多事情她都跟我分享，也都只帶我去逛街。

如果這件事可以重來一次的話，那該有多好！可是我也要解釋，雖然我講話很衝，但是我平時都很孝順父母，好的東西不管多麼想吃，我還是會忍住留給爸媽吃。

還有……我真的要跟全天下的小朋友說：「要孝順父母，不要做出讓父母傷心的事，否則要後悔就來不及了！」我會努力改變我的脾氣和態度的！

如果時光可以倒流

陳彥汝

俗話說：「光陰似箭」，時間是不會等人的，很多人都想回到過去，我當然也不例外呀！而我最想回到的時間就是國小五、六年級的時候。

為什麼會想回去呢？因為那裡有好多好多只屬於我們班的回憶，而且六年八班好團結，好有默契，還有許多用言語說不出的感情，即使畢業了，大家還是會再相聚，因為我們都知道，就算分開了，大家的心依然停留在那最單純、最活潑的班上！

如果你問我，如果可以，這兩年的時光，我最想重來一次的是什麼事？我會說：「我不知道」，因為在我心中，每件事都想重來，但如果真的可以，我會選擇畢業旅行中的營火晚會，大家圍在一起哭得慘兮兮的時候，因為那時候，我才徹底了解到，原來平時調皮搗蛋、活蹦亂跳的男生們也是很捨不得離開老師、離開六年八班的。

如果真的實現了，我會好好把握那段美好的時光，一分一秒都不錯過，只可惜歲月不饒人，歡樂的時光總是過得特別快。如果小叮噹能借我時光機的話，我還真的會回去呢！不過還是得認清事實，過去就讓它過去吧！至少彼此都知道，畢業後，這個班之間那濃得化不開的感情是不會變的。分開，只是因為那中間出現了逗點，並非句點！

如果時光可以倒流

許馨予

西方有一句諺語：「時間和潮水是不等待人的。」意思就是光陰如同潮水一般，是一去不回頭的。

但是如果世上有一台時光機，能讓時間倒轉，那就好了，我就可以回到過去，把之前做錯的事情變成正確的。如果時光真的可以倒流，我真希望能夠再懂事一點，不要讓家人擔心，但現在我在其他人眼裡，是懂事的小女孩，可是我真的非常希望自己還能夠再更懂事一點。

在我還小的時候，心智還不夠成熟，很幼稚，不知道心裡在想什麼。現在我終於能夠瞭解自己到底在想什麼，現在不管發生什麼事，我已經可以自我調適，但人生這條路上還有許多挑戰，正等著我去突破呢！我現在好想努力地趕緊突破它，才能讓媽咪知道她的女兒是多麼的厲害，不再是以前那個幼稚的小女孩了。

每當我在家人面前聊到如果時光能夠倒流，我就可以把以前那個幼稚的小女孩變得更成熟懂事，可是他們都只會說，妳早就做到了，不需要煩惱啊！但我真的覺得還不夠，有可能我跟別人比是有一點點懂事，應該也是因為我從小就是在單親家庭裡長大的，因為凡事都要靠自己啊！我應該要謝謝媽咪讓我變成這樣，我才不會被別人給比下去，但也要說聲抱歉，之前讓她擔心了。

但我還是希望時光可以倒轉，來改變我的無知。

我最喜歡／討厭的節日

我最喜歡的節日——新年

許姿綺

我最喜歡的節日是新年，因為每到過年我都能穿新衣服、領壓歲錢、出去玩等等。每次過年我都要思考拜年那一天要穿什麼才好，這就是我喜歡新年的原因。

每到過年媽媽都為我的衣服煩惱，因為我總是挑來揀去無法決定，所以都去好幾家服飾店看看。我記得小學有一次，爸爸媽媽還帶我去中壢買衣服呢！終於讓我找到喜歡的衣服了，那就是像公主一樣漂亮的洋裝，現在這件洋裝給妹妹穿了。過年因為要去兩個地方拜年，所以我都會有兩件新衣服，當然鞋子也不例外喔！

過年對小學生來說，就是放寒假時最重要的節日。過年期間有幾天會出去玩，有兩天我們要回苗栗和奶奶家。每次回苗栗，中午就在大舅公家吃飯，這是每年的行程之一。當然除夕一定要回奶奶家拜拜，全家人團聚，大姑姑、小姑姑們都會回來。每年除夕夜我們吃火鍋圍爐比較多，接下來就是除夕夜的重頭戲——領紅包！到了初六初七就是各行各業開工的日子，爸爸媽媽又要開始一年的忙碌了，還是小孩子最幸福了！有寒假可以放，真好！

新年是我最喜歡的節日，當然每個人喜歡和討厭的節日都不同，每個節日對許多人來說都有著不同的意義。例如：父親節是感恩爸爸的節日、情人節是情侶們過的節日等等。我覺得不管每個人喜歡的節日是什麼，只要過得開心就好。有些國定假日，讓全家人放假出去玩，增進家人之間的感情，這也是國定日放假的好處。但也有沒有放假的節日，像愚人節在學校被同學捉弄跟同學度過，這些都是有放假和沒放假的差別吧！不過不管什麼節日，我都可以過得很快樂。

我最喜歡的節日——中秋節

戴婕妮

在許多傳統節慶中，有些人喜歡春節、端午節、元宵節、情人節、萬聖節和聖誕節……。而我最喜歡的就是——中秋節。因為，中秋節不僅是吃月餅和賞月而已，更是大家聚在一起，談天說地的好時機。

回想起中秋節那天，媽媽一大早就到市場去買烤肉用品，大家都帶著歡愉的心情迎接晚上的到來，好不容易挨到傍晚，爸爸馬上升火，在烤肉架上，擺上許多的食物。「一家烤肉萬家香」，鄰居聞到香味，也出來跟我們一起吃烤肉，這種和樂融融的畫面是很難得一見的景象。

這時，長空萬里無雲，涼風徐徐吹來，不一會兒，銀盤似的明月，已冉冉上昇，我仰望著月亮，就想到「月有陰晴圓缺」，就像人有悲歡離合。這花好月圓的時候，正是人們團圓相聚的時候，也就在這時，媽媽端了月餅出來，我們一起賞月、吃月餅、談天說地。

每個人都有自己喜歡的節日，而每個節日都對個人有著重大的意義。古時，在外旅行的遊子因路途遙遠，而無法趕回家中過年過節，現在的我是很幸運的，每年中秋節都有家人陪伴著我，對我來說，象徵著團圓的中秋節，正是我最喜歡的節日。

我最喜歡的節日——聖誕節

邱雨庭

說到我最喜歡的節日，那就是聖誕節莫屬了！它在我的心中，是多麼的難忘，多麼的特別，現在就說給你聽聽吧！

聖誕節是紀念耶穌的日子。還記得小時候，我和弟弟各自拿了一雙聖誕襪，興高采烈的掛在床邊。我們相信，那來自遠方的聖誕老公公一定會駕著雪橇而來，並且把那可愛的小禮物放進我們的聖誕襪中。隔天，聖誕襪裡真的有東西！那時，我和弟弟高興得又叫又跳。不過，隨著年紀的增長，我們都知道世上根本沒有聖誕老公公，而那時候的小禮物也只不過是爸爸媽媽送的，但這也是值得回憶的趣事。

端午節有粽子、中元節有鬼魂、中秋節有月餅，當然，聖誕節也會有應景的東西。而我最喜歡聖誕樹了！聖誕樹在我心裡，總是那麼的溫馨、那麼的屹立不搖。我喜歡把金球掛在聖誕樹上，喜歡欣賞裝飾完後的聖誕樹，喜歡拆開聖誕樹下的禮物，驚喜、高興、興奮全都隨著聖誕樹而產生，怎不叫人喜歡它呢？

雖然聖誕老公公不存在，但每年聖誕節只有一天，所以我還是很喜歡聖誕節。聖誕節的活動總是令人難以忘懷，總是值得反覆咀嚼，再怎麼寒冷的冬天，心就像雪地裡的一把火，永遠不滅，因為有聖誕節。

我最喜歡的節日——春節

郭亞芯

在一年一度的節日中，我最喜歡的節日當然是可以放假最久，也是最棒的家人團聚的日子——春節！

每當過年，當然是要大掃除啦！對懶惰的我來說，是非常痛苦的一件事情，不過，在整理時，都會翻到一些令人難忘的童年回憶，翻著翻著……不知不覺就整理好了，我還真的是跟不上時間的腳步呢！

到了傍晚，跟著爸爸媽媽回爺爺奶奶家吃團圓飯，爺爺都會滷牛肉、煮火鍋、令人垂涎三尺。吃完飯後，大家拿著準備已久的紅包，發給每個人，並祝福全家新年快樂、萬事如意。

最後，也是讓人期待的擲骰子時間，每個人拿著錢，試試手氣，雖然是種賭博的行為，但家人是配合過年的習俗娛樂一下，增進家人的情感，全家人都和樂融融。漸漸的，時間悄悄的溜走，留下全家人的笑聲，結束了除夕夜完美的一天。

接下來，就是回外婆家過年，外婆手藝很好，將親手煮的魚、蛋、肉、青菜和湯，還有甜點年糕，全部端到桌上，色香味俱全，讓人大快朵頤，外婆沒當廚師，真是可惜啊！吃飽後，大家坐下來看電視，雖然沒有甚麼特別節目，但全家人一起聊天，這種感覺真好！

新的一年開始，全家人團聚，有歡笑、有幸福，還有好吃的食物，對我而言，和家人在一起，就是我最溫馨、最美好的時光。

我最喜歡的節日——耶誕節

謝淳安

牆上的日曆一張張的撕下，樹上的葉子一片片的落下，只剩下那不畏寒風吹襲的梅花在枝頭綻放著，空氣中瀰漫著它淡淡的香氣，此時的高緯度國家早已被冰雪覆蓋，成了一片銀白色的世界，再過幾天就是我最喜愛的節日——耶誕節了！

看著耶誕樹上掛著滿滿的燈飾，樹頂的星星閃閃發亮。帶領著我回到了七年前的平安夜。窗外的北風呼呼的吹，我和姐姐興奮的輾轉難眠，爸爸見狀便建議一同到外面散步。我的小手緊緊抓著爸爸溫暖的大手，突然在路旁出現一位身穿紅衣的大白鬍子先生，他遞了兩顆糖果給姐姐和我，我們迫不及待的接過那包裝精緻的糖果，放入了嘴裡，享受那濃郁的糖果香。

第二天的早晨，我們拿起聖誕襪，赫然發現裡面空蕩蕩的，只有兩顆巧克力在裡面，我們好不失望啊！就在淚水即將奪眶時，姐姐從枕頭底下拿出了一個被透明盒子保護著的電動玩具，原本在眼眶中打轉的淚水，頓時被收了回去，轉而替代的是我們滿足的笑容。站在陽臺上，我張著如銅鑼般的大眼睛，仔細的尋找那和藹可親的大白鬍子先生，但是哪裡還有他的蹤影呢？在道路上只有三三兩兩的路人，和一隻懶洋洋的小貓而已，我只好帶著滿懷的失望回家，並期待下一次的聖誕節到來。

就在我心中充滿了對童年的回憶時，樹上的星星又閃了閃，打斷了我連綿不絕的思緒，將我帶回了現實世界中，我發現我依然是我，樹上的燈飾依然在黑暗中閃閃發光，街道旁的路燈也依然隨著時間的流轉努力的散發光和溫暖，只有我的臉上多了那一抹幸福的笑意，真希望今年的耶誕節能快點兒到來。

我最喜歡的節日——過年

李定芩

一年裡，有許多令人喜歡的節日，也有令人討厭的節日。其中，我最喜歡的節日就是過年。有些人會認為過年是既麻煩又忙碌的節日，因為要辦年貨、買新衣、除舊佈新……等，但對我來說，卻是個好玩、有趣的節日。

有一年的過年，我們與親友們一起到花蓮度假。我們先回外婆家去吃年夜飯，所有的親戚都前來團聚，大家在歡樂的氣氛下，一一的把菜吃完了。隔天，舅舅帶著我們去初鹿牧場，在那裡，有許多動物、飾品……等，這是我第一次去全台最大的牧場遊玩，當時的心情覺得很興奮。最後我們還去了著名的七星潭，傍晚的海風，吹起來，令人心曠神怡，看著海浪拍打在礁石岸邊，看著天邊雲彩漸漸隱沒，頓時整個人全放鬆了下來。

每年的過年都在台灣度過，從未出國到別的國家過年，但明年，我就可以去廈門，參與他們過年的慶典，因為爸爸到大陸上班的因素，使我們全家可以到廈門住一星期，除了參與當地的慶典之外，也可以到廈門的觀光區去看看，這將會是一個難忘的過年假期。

媽媽常跟我說，她小時候的過年，非常有年味，只有在過年時才可以買新衣、放鞭炮……等，但現在社會進步，不只每天都可以逛街、買衣服，還可以隨時放煙火，所以現在的過年已經沒有年味了。每天家裡的人各自忙自己的事情，根本就沒有空餘的時間，坐下來一起聊天或一起出去玩，但到了過年時，全家便會邀請親朋好友一起逛街或去觀光景點，甚至到別的國家，這時，每個人的心裡都會有團聚的溫馨感覺。雖然現在過年，都沒有了年味，但它卻可以給我許多歡樂、許多回憶，所以過年還是我最喜歡的節日。

我最喜歡的節日——中秋節

姜仁匡

隨著秋天的腳步近了，天氣也漸漸轉涼爽了起來。每當我仰望夜空時，看著月亮慢慢地變得又大又圓又亮時，就知道最喜歡的中秋節來了。

當一年一度的中秋節來臨的時候，家家戶戶都會團聚在一起度過這個美好的節日，正所謂，「月圓人團圓」。每年的農曆八月十五日，大家通常會準備月餅和文旦，而且到了晚上，我們全家族都會一起在院子裡烤肉、賞月。在中秋節的前夕，我們全家決定到大賣場把烤肉所需的材料、用具準備好。到了大賣場，人聲鼎沸、摩肩接踵，好不熱鬧！大家都是為了買烤肉用具及中秋禮品而來的。

令人期望的烤肉活動終於開始了，大家分工合作，有的負責生火，有的幫忙處理食材，而我呢？當然是貢獻一己之力——拼命地用力搧風，火慢慢地升起來了，在濃煙不斷竄起之中，爸爸幫我們烤了青椒、甜不辣，我們吃得津津有味，接著令人讚不絕口的烤雞翅與香腸上桌了，那烤得金黃色的外皮，再沾上媽媽特調的醬汁，不過一會兒，馬上就被我們掃光了，一道道令人口水直流的食物，出現在我眼前，為了要享受佳餚，我不計形象的狼吞虎嚥，實在活像一頭餓狼。

不知不覺中，月亮姑娘，已經悄悄地露出臉來，我們一邊欣賞著皎潔的月亮，一邊吃著眾多口味的月餅，一邊聽著表哥彈著吉他自彈自唱，動聽悅耳的歌聲，真是一大享受！

突然！一陣五彩繽紛的煙火，光彩奪目，照亮整個夜空，哇！真是漂亮啊！在月亮和煙火的陪伴下，再怎麼無聊的夜晚，也會變得很有趣呢！烤肉活動結束後，我們便開始收拾烤肉用具，經過一番打掃，整個庭院又變得一乾二淨。

這次的烤肉活動，雖然我吃了很多，但是我還是覺得意猶未盡，月餅的可口搭配著香甜多汁的柚子，真是無與倫比的美味。

我最喜歡的節日——萬聖節

許馨予

我跑去看牆壁上大大的行事曆，行事曆上面有很多我喜歡的節日，和一些我有點討厭的節日，我好難選擇，什麼是我最喜歡的節日，我有一點煩惱耶！因為一年有好多不同的節日，終於讓我找到了，我最喜歡的節日，那是在每年十月三十日，非常可怕又有趣的萬聖節，每年只有過那麼一次，所以要好好把握。

為什麼我會喜歡可怕的萬聖節呢？因為萬聖節可以扮成許多可怕或可愛的造型。例如：可怕的吸血鬼、淘氣的小惡魔、可愛的大南瓜和神奇的魔法師……等。讓我來為大家介紹一下，吸血鬼有可怕的咬牙和漂亮又帥氣的衣服；小惡魔有可愛的角和可愛的衣服、裙子；可愛的大南瓜，它的臉有各式各樣的圖案，有可愛和可怕的；神奇魔法師有飄逸的斗蓬、魔法帽和具有魔力的魔法棒。萬聖節可以扮成很多不同的動物造型，這就是為什麼我會很喜歡萬聖節的原因了。

關於萬聖節由來的傳說，很多人都認為那是源於基督誕生前的古西歐國家，包括愛爾蘭、蘇格蘭和威爾士。這幾處的古西歐人叫德魯伊特人。德魯伊特的新年在十一月一日，新年前夜，他們讓年輕人集隊，帶著各種怪異面具，拎著刻好的蘿人燈，他們遊走於村落間，這在當時則為一種秋收的慶典；也有人說是鬼節，傳說當年死去的人，靈魂會在萬聖節的前夜造訪人世，據說人們應該讓造訪的鬼魂看到圓滿的對鬼魂呈現出豐盛款待。所有燈火，一來為了嚇走鬼魂，同時也為鬼魂照亮路線，引導其回歸。在中世紀的中歐，曾有過基督教摧毀教徒的歷史，可是新年前的祭祀慶典從未真正消除，不過以巫術的型式出現，這也就是為什麼我們萬聖節裡，還留有巫婆的掃帚、黑貓、咒語等痕跡。我們今天著裝挨家的習俗，據說起源於愛爾蘭，古西歐時候愛爾蘭的異教徒們，相信在萬聖節前夜鬼魂會群集於居家附近，並接受宴席款待。

我聽了這些萬聖節的由來之後，讓我更喜歡這個西方國家的節日，因為這個由來太酷了。

我最喜歡的節日——聖誕節

戴采汝

我翻開月曆，數著上面的日期：「一二三四……」，我露出微笑，心中既興奮又期待，「就快要到了！」我在心中吶喊著：「我最愛的聖誕節！」

聖誕節，是我最喜歡的節日，就算那天不能坐在壁爐前，邊取暖邊吃烤火雞大餐，但我仍然很喜歡聖誕節，因為那天全世界各個角落都會充滿聖誕節的歡樂氣氛，播著聖誕老人的專屬音樂，最棒的是：可以和朋友們分享當下的喜悅，以及和朋友們一起拆開對方送的禮物時的那種興奮感。而且我的生日就在聖誕節的前兩個禮拜，每到我生日當天，我就會一直等待聽到摯友的祝福，那種期待的感覺會持續一整天，所以我希望聖誕節和我生日那天最好都不是假日，總而言之，十二月可說是我一年當中，最喜歡的一個月份了。

聖誕節，我最喜歡的是它的氣氛，纏在公園樹上的燈泡、店家門口掛的花環、學校中庭擺的超大聖誕樹以及樹下裝飾用的禮物，都是我喜歡聖誕節的原因。站在教堂前唱歌的小孩、打扮成聖誕老人的店家老闆以及裹著大衣的行人，都是聖誕節的特色之一。雖然每個節日都有不同的「風味」，可是我還是最喜歡聖誕節那種「口感綿密、味道鮮美」的感覺。

聖誕節原本是耶穌誕生的日子，也就是「聖人誕生的節日」。而聖誕節之所以會有聖誕老人冒出來串場，是因為有一位名叫聖尼古拉斯的基督教聖人，常常在節日匿名送衣服、食物或金幣給窮苦的人家，因此受到其他民眾的愛戴，甚至有人也學他在節日匿名送禮物給窮人，而聖誕老人的那身紅裝，原本是由一位美國的卡通漫畫家迦納斯特所設計的，但他所創造的聖誕老人表情十分嚴肅。其實現在大家所熟悉的聖誕老人，是在1930年由可口可樂公司為他們的廣告所設計的，沒想到會因此讓聖誕老人大受歡迎，成為大家所熟悉——穿著紅衣、扛著大袋子、騎著紅鼻子馴鹿為大家送禮物的聖誕老人了。

12月25日，聖誕節，每一年的這一天都是在大家的期待下來臨的，雖然今年的聖誕節在星期天，但還是可以和家人一起愉快地過呀！我心裡想著，並用紅筆在聖誕節那格格子，畫上一顆大大的愛心，並闔上月曆，微笑著在心中默許今年聖誕節及春節的新希望。

我最喜歡的節日——春節

許宜儒

每逢十二月底跨年完，接下來就是迎接元旦、春節的到來。春節，是每個孩子所嚮往的節日，我也不例外，但那也許是父母辛苦的時候。

春節的前一天，除夕，是大掃除的時間，或許有人不喜歡，但沒有「辛勤」，哪來的「快樂」呢？尤其是在這個時節，先苦後樂會比先樂後苦的滋味來得更好。況且打掃完，給自己一個煥然一新、春風滿面的感覺，不也是挺好的嗎？大家一起辛勤的工作，分擔家務，共同擁有一個美好的家庭環境。雖然整個過程相當的辛苦、勞累，但是做完後，還是會有意想不到的收穫呢！

到了晚上，就是家人聚在一起吃團圓飯的時光。那一天晚上的菜色從平常的家常菜，轉變成了平常難以品嘗到的珍味佳餚，那些是辛勤、努力的「收穫」。等到美味佳餚都上桌以後，就可以開始享用餐點了。吃團圓飯是最溫馨的時刻了，不僅可以有說有笑的，更可以讓整個家庭的感情更進一步，雖然無時無刻都有溫馨感，但在這種節日跟家人一起度過，就更具有溫馨感了。在我們家裡這種可以聚在一起的飯局是很難得的，所以這時刻，都是「除夕」所賜予的。

接下來就是每個孩子希望在新的一年得到的「第一個禮物」，那就是壓歲錢了，壓歲錢可以用來做很多事，但也要妥善處理好自己的金錢理財規劃，才不會自己得到的又「失去」了。像是說，有一個小男孩拿到了壓歲錢，在街上到處亂花錢，而錢也因此「分道揚鑣」、「各奔東西」，那些錢也漸漸的遠離那個小男孩了。

除夕的隔天，春節，是大家最有空閒的時間可以出去玩，或者是在家裡放鬆、休息，只不過在春節時出去玩的感覺會比一般假日出去玩的感覺來得更好。出去玩時，將會發現人潮比平常的多，這就是春節的特色了。

由上述可知，我最喜歡的節日就是除夕和春節。除夕當天晚上可以享受到家庭溫馨的樂趣，春節那幾天連假則是可以好好的輕鬆玩個痛快，真是個美好的節日！

我最喜歡的節日——過年

薛瑞婷

打從我出生開始，過年就是我最喜歡的節日，雖然很忙碌，但我卻樂在其中。

每年的除夕夜，爸爸、媽媽和奶奶在廚房裡都忙得不可開交，就為了煮出一道道美味的佳餚。但大家覺得最厲害的是爺爺，他今年已經八十歲了，還能夠做麵糰、桿餃子皮……等，真的太了不起了！當然，我們小孩子也是閒不下來的，幫忙做打掃工作，貼春聯，清洗食材……等。有趣的是，在忙碌時，媽媽會幫每個人錄影，還會問問題。一年一年的成長，保留小時候的「童言童語」，非常有可看性，每當播出來時，大家總是笑得樂不可支。

過年對我而言，也有另一種意義，因為過「年」的同時，也一起過「生日」。奶奶說，有兩次過年大家都很痛苦，因為那兩天是「母難日」。我和妹妹差了三歲，但生日卻只差一天！所以，我們的生日都是一起過的！

拜年也很有趣，從去年開始，爸爸叫我領著所有「爺爺的晚輩」磕頭拜年。第一次實行時，爺爺看起來有點緊張，在大家跪下去的剎那，還嚇了一跳呢！可是，幾乎所有的長輩都不太喜歡過年，他們總是說：「每過一個年，就又老了一歲。」爺爺卻說：「要再過一年也不容易呀！」

「初二回娘家」是習俗之一。每年我們回外婆家時，外婆的打扮跟平常的打扮簡直是判若兩人。當天的午餐是「辦桌」，這可不是請外燴的，每道菜都是姨婆和姨婆公親手準備。平常的姨婆是很嚴肅的，但她總在過年時露出難得一見的笑容。

總而言之，只要過完年，一切都是新的開始。也不要忘了，壓歲錢要存好喔！

我最喜歡的節日——萬聖節

林柔

每一的年的月曆上都有：元旦、元宵節、情人節、愚人節、清明節、端午節、中秋節、萬聖節、聖誕節、春節……。在這些節慶裡，有的會令人感到開心或是討厭，而我最喜歡的節日就是西洋的萬聖節。

美國的萬聖節跨海來台灣，但熱鬧的氣氛一點也沒有減弱，看著每個人迫不及待地穿上絞盡腦汁、費盡心思準備的服裝、造型，扮成最引人注目的人物。有的騎著魔法掃帚，扮成女巫；有的裹上白床單扮成鬼；有的戴上畫有骷髏頭旗的帽子，扮成海盜；另外不少孩子手裡，還提著一盞南瓜做成的傑克燈。而今年樣式更多元化，有骷髏頭手套、吸血鬼牙齒，和各式各樣面目猙獰的面具，戴上去一定有十足的效果，驚嚇程度也一定破表。當最炫、最酷的嚇人裝扮通通準備齊全了。到了晚上，小朋友們去挨家挨戶玩「不給糖就搗蛋」的遊戲了。

在萬聖節，除了服裝以外，就是房子的裝飾了。人們都會用巫婆、鬼、骷顱頭骨架、蝙蝠等道具，來打扮房子，在門前上方掛些蜘蛛網，或是在門上擺上蜘蛛。另外在萬聖節還有刻南瓜燈的習俗，就是把南瓜刻成各種鬼臉，接著在裡面放蠟燭，點亮蠟燭後，和與真人一樣高的稻草人，一起放在屋前的院子裡，整個看起來的氣氛陰森森，走過去真令人心驚膽顫。

有一年，我的國小舉辦了變裝比賽，那一次我扮成了一個小惡魔，頭上戴著小角，背後還有一對可愛小翅膀呢！每個人的裝扮都不一樣，有的看起來很可怕，有的看起來很可愛，有的看起來很搞笑。最後大會宣布最佳服裝獎，得獎人扮成一個很可怕的女巫婆，臉上有如真的瘤，手上還捧著水晶球呢！看她那身裝扮，應該是準備已久的吧！接著就是好玩的遊戲時間了，每個人拿著一個小袋子，到各個班級去玩「不給糖就搗蛋」，最後比一比誰的糖果最多。

萬聖節對我而言是一個非常有趣的節慶，它能夠讓我看到從電影中或小說中的鬼怪，而且也能夠吃到美味的糖果，真是太棒了！其實在台灣也有舉辦萬聖節的活動。在2009年，台中舉辦了「群魔共舞，驚悚變裝，鬼王鬼后大賽」，聽起來真好玩。說起來國外的萬聖節就像我們的中元節。

萬聖節雖然充滿了許多黑暗的象徵，如鬼怪、黑貓等，但是歡樂的氣氛和熱鬧的節日氣息，早就沖淡了恐怖的感受，而讓萬聖節成了一個大人、小孩都很期待的鬼節。

我最喜歡的節日——聖誕節

徐逸辰

在我們這個社會裡，有許多的節日，每一個節日都代表著不同的意義，有西方節慶、有東方節慶、有感恩人物的節慶……等，有好多好多各式各樣的節慶。

不過，在這多樣的節慶中，最受我青睞的節日就是「聖誕節」了。傳說中的聖誕老人是從芬蘭來的，會搭乘麋鹿雪橇並到每個有小朋友的家裡發送禮物，不過那時我還有點懷疑是真是假？因為我認為聖誕老人要怎麼從窗戶進來？在國外是因為家家戶戶有煙囪，很容易進入家中送禮物，但家裡並沒有煙囪，所以在我幼小的心靈裡，聖誕老人送禮物的方式一直是個謎。

聖誕節是在冬天，因此我十分喜歡窩在暖烘烘的被窩裡，許願自己想要得到的禮物，心中的期待和歡喜在方寸之間不斷湧現，心想時間怎麼不快點到來。到了隔天，正準備戴起眼鏡時，愕然發現床頭擺了一個很大盒的禮物，那時我興高采烈，直接衝到爸媽的房間叫喊說：「聖誕老公公送禮物來了！」那時我雀躍不已，當我驚喜的拆著禮物時，好奇的搖一搖，悅耳的聲音讓我猜測應該就是我最愛的樂高積木吧！正當我拆了一小片包裝紙後，我興奮地大叫「果然是樂高！」這讓我非常開心！

在小時候，我深深相信要做好事，也要乖乖睡覺，聖誕老人才會送禮物來。記得小時候有一天的早上，幼稚園的老師浩浩蕩蕩的帶著一群身穿聖誕紅衣的外師和中師到我們家，幼稚園的我和弟弟，那時只看得懂注音符號，根本不會讀國字，所以對於幼稚園通知單上「聖誕老公公到你家」的活動一點也不清楚。那時外師都長得非常高大，十分像聖誕老公公，當他進入家門後，我跟弟弟竟然都閃得遠遠的，完全不敢靠近，現在想起來，那時的我們真是十分膽小，外師甚至還裝出聖誕老人呵呵呵的聲音，讓我和弟弟覺得很奇怪呢！

聖誕節的前夕，我總會收到阿姨及其他親友的聖誕禮物以及滿滿的祝福，禮物裡有許多的糖果和實用的物品，不過我最感謝的是她們滿心的祝福與關愛！聖誕節感覺是溫馨的，感覺是期待的，感覺是幸福的，猶如流星劃過心中，我的願望也逐一實現，聖誕節更為這一年畫下完美的句點。我相信我能夠在新的一年，迎接全新的開始！

我最喜歡的節日——聖誕節

許婷雅

它，是風靡全台的節日；它，也是我和弟弟最喜歡的節日；它，更是小孩子夢想成真的一天；它，就是聖誕節。

我和弟弟都很期待一年一度的聖誕節，隨著聖誕節越來越近，我們就越來越期待，甚至無時無刻都會纏著爸爸問東問西：聖誕老公公真的存在嗎？聖誕老公公真的會駕著麋鹿在天上飛？聖誕老公公今年還會來送禮物嗎？……等繁多問題。其中有一回我問爸爸聖誕老公公的電話號碼是幾號？爸爸說了一串數字，還說他很小的時候有用英文和遠在芬蘭的聖誕老公公通過電話，最後更誇說聖誕老公公以為他是英國小孩。當時我還只是幼學之年的小孩，對爸爸的話深信不疑，長大後才知道爸爸國中時才學英文，於是我對爸爸的這番言論變得不太相信了，也很少再問這類的問題。

儘管在聖誕前夕少了問爸爸問題的趣味，但每年聖誕節收禮物的戲碼總是我們最熱衷的節目。有一回聖誕夜，我突發奇想，和弟弟寫了一張卡片給我們夢想的聖誕老公公，放在最顯眼的床頭櫃，還期望他能回信並在聖誕襪裡放入我們夢寐以求的禮物。隔天一醒來，我和弟弟就迫不及待的去翻聖誕襪，結果發現了兩大袋糖果，我們開心極了！但眼尖的我，高興之餘，意外看見塑膠袋上貼著「家樂福」大賣場的標籤紙，從此，我對聖誕老公公的幻想破滅了。

儘管現在長大了，也不相信有聖誕老公公的存在，但我還是很期待每年的聖誕節，因為爸爸總是會扮演聖誕老公公的角色，繼續送禮物給我們，我們也會像幼時那樣收到禮物流露出開心神情，而且會更珍惜現在的溫馨時光。

我最喜歡的節日——春節

陳彥汝

想必在每個人心裡面都會有一個最喜歡的節日，西方的也好，東方的也罷！現在是地球村的時代，臺灣也有許多的西方節慶，而我最愛的節日不是從西方漂洋過海而來的，而是貨真價實的「道地臺灣貨」——「春節」。

很多小孩應該都和我一樣喜愛過年領紅包時的那種快樂感覺吧！每到放寒假的時候，我都很期待，期待大家都快點回到爺爺家，團圓飯吃完後那個緊張的時刻，看看我和妹妹誰的紅包錢比較多，還會比比看誰包得「最大包」！通常都是爺爺給最多，因為從小他就很疼我，不過大概是叛逆在作祟吧！每當他們在罵我，或是跟他們「無法溝通」時，我都會擺臭臉或頂嘴，尤其最常和媽媽吵，吵完後，我才會自言自語的把委屈說給「枕頭」聽，不過媽媽也常會講道理給我聽，她最常說的就是「要在節氣裡面涵養自己的氣節」。

每到了過年，就是我最開心也最痛苦的時候，為什麼會痛苦呢？就是因為我不太會講台語啦！而且聽也聽不太懂，所以溝通上十分困難，不過對我來說還是快點領到紅包比較重要！其他的我才不管！

或許你們會覺得說怎麼會有人這麼愛錢？可是我不愛錢喔！我是喜歡拿到新錢的那種感覺，況且，雖然媽媽說「錢放我這」，不過最後還是被他拿去繳錢繳光光啦！所以就算我愛錢，我也只能拿到幾百塊而已，和朋友出去玩，一次就沒了呀！

我曾經想過，如果我從小都把紅包錢存起來，不給任何人或不把它領出來，等到長大以後，就會有很多錢，而且到了以後，我還能拿來買我想要的東西，很可惜，早知如此，何必當初啊！現在後悔也來不及了呀！可是，從2012年開始，我的紅包錢只有我能動，連爸爸媽媽都別想奪走它！

光陰似箭啊！轉眼間我都快要到不能領紅包的年紀了呢！歲月永遠不饒人，只能好好把握剩下幾年可以拿紅包的時間吧！想想幾年前，每到開學時，每個人都會討論各自拿到了多少錢，可是現在卻不會有人在分享這種小事了吧！畢竟我們都長大了，我一直認為「時間是可怕的怪物」，它讓我們一天一天的成長，如果可以，我還真希望世上真的有時光機能讓我們回到過去呢！

我最喜歡的節日——端午節

魏詰祐

看著行事曆上，有著許許多多的節日，端午節、中秋節、萬聖節、聖誕節、元旦、情人節……等，但是不管是甚麼節，只要是有放假的節日，就一定會是我開心的日子，因為不用上課。

一年之中就有好幾十個節日，有些有放假，但是也有些節日沒有放假。那麼你最喜歡哪個節日呢？我最喜歡的就是農曆五月五日的端午節，因為端午節有非常非常多的活動，如：看龍舟比賽、吃香噴噴的肉粽、ＱＱ的甜粽、喝雄黃酒……等，不勝枚舉，但是最重要的一點就是端午節有放假！而且爸爸幾乎都會帶我們出去玩，或者是去看龍舟比賽。還記得大前年去看時，剛好被記者拍到還上報呢！所以我很喜歡端午節。

每當端午節一到，媽媽就會把他親手製作的香包一一親手戴在我們的身上，並且許願希望我們可以平平安安快快樂樂。另外，每次端午節中午時，我就會試著「立蛋」，雖然被阿嬤看到都會被罵，但是我還是都會玩，每當成功時心中就會有一股莫名的成就感湧上心頭。還記得有一次手滑沒有放好，結果蛋一直滾一直滾滾到地板上破掉了，結果當然免不了引來了阿嬤的注意，還被痛打了一頓呢！在家中還可以看見長輩們在晚上時一起飲用雄黃酒。記得小時候有一次吵著要喝，結果喝了一口還吐了小叔叔一身呢！還有一件我們去鄉下會做的事，就是「掛菖蒲和艾草」，所以只要在端午節的時候出門，就可以看見家家戶戶都在門口掛上菖蒲和艾草，而且空氣中還會瀰漫著一股淡淡的青草香呢！

端午節是一個傳統節日，所以每年的端午節都會放假讓許多離鄉背井的人們，利用這一天的假日回家去探望親人，這樣可以讓離鄉久遠的家人回來團圓的日子，也是讓我喜歡上它的原因，不只可以團圓，也可以和家人們敘敘舊，促進家人們的感情，讓家家戶戶都充滿著熱熱鬧鬧的感覺。你是否也和我一樣喜歡端午節呢？

我最喜歡的節日——萬聖節

毛郁淳

每一年都有數不清的節日，有浪漫的情人節、溫馨的聖誕節、喜氣洋洋的春節、令人捧腹大笑的愚人節，還有可以一家團員的中秋節……。每一個節日都很特別，但是我最喜歡的節日還是既好玩又刺激的萬聖節。

為什麼我最喜歡的節日是萬聖節呢？是因為我上的補習班，每年都會為一些節日慶祝，而我印象最深刻的，便是內容豐富的萬聖節了。每一年萬聖節的活動都會有所變更，但是最重要也是我最愛的兩個行程，是每一年都一定會有的，那就是「鬼屋探險」和「不給糖就搗蛋」的遊行，此外，比較特別的活動有變裝大賽和畫臉比賽之類的，全部都很有趣。

鬼屋的主題每一年都會變更，有時候是詭異的學校，有時候是恐怖的墓園，有時候是陰森的醫院，鬼屋的擺設每次都讓我感到驚喜。還記得有一次，我和朋友一起去鬼屋，最後一間房間的地板上撒滿了真的冥紙，還有一個鬼坐在地上數冥紙，我蹲了下來，想拿一張當作紀念，沒想到，那個完全對我不理不睬的鬼突然往我們這邊爬了過來，我們才立刻起身跑出鬼屋，跑走的時候冥紙不小心掉在路上了，現在想想，還真後悔那時候沒有拿好。去年的鬼屋，一進去，便看到了一排又一排的假屍體用一個個塑膠袋包起來，把路給擋住了，就在我帶著忐忑不安的心情走過去時，有一個老師扮成鬼混在裡面，突然坐起來抓住我的腳，對我來說，那次真的是最可怕的萬聖節了，但不是每次鬼屋都那麼刺激。有一次，所有的鬼脖子上都帶著螢光圈，還不用走過去就能知道鬼在哪裡，雖然那次沒有很可怕，但我和我的朋友仍然很配合的大聲尖叫。

還記得某一年的萬聖節，舉辦了畫臉比賽，用的是專門畫皮膚的筆，我和我的好朋友找了一個補習班的男生當參賽者。比賽一開始，我們拿起各種顏色的筆，很沒有默契的在他臉上畫滿自己想畫的東西，看著他的臉，逗得我和我的朋友哈哈大笑，那天雖然沒有得獎，但是我們都很開心。

每一年的萬聖節都留給了我美好的回憶，希望大家也能夠開開心心的度過自己喜歡的節日，為人生多添加幾分色彩。

我最喜歡的節日——過年

石芳綺

我最喜歡的節日應該是過年吧！過新年是我最喜歡的一件事。

雖然一年四季的節日很多，我也同時喜歡其他的節日，但是過新年卻是最讓我喜歡的，而我喜歡它的原因有很多。第一點，是在過新年時可以買許多的新衣服、新褲子、新鞋子。第二點，可以吃到家人們煮的好吃年菜。第三點，可以在吃完年菜時一起玩牌。第四點，可以跟兄弟姊妹們一起看電視或打電動玩到很晚。第五點，可以放叔叔帶來的鞭炮。最後一點，也是我最喜歡的一點，就是可以拿好多的紅包。

過新年時買的新衣服，都會在回外婆家吃年夜飯的時候穿，每到那一天，我們就會拍一張全家福。大人們忙著煮飯、煮菜，而小孩們就是在客廳玩遊戲，等著吃好料。吃完後就會和家人們玩玩牌，然後就看電視看到很晚才去睡覺。回阿嬤家時，叔叔都會帶許多不同的鞭炮給我們放，我們都會玩得不亦樂乎。

每次過新年拿到了紅包，就會很開心。還小的時候，爸爸媽媽都會說要幫我把錢存到銀行裡去，所以我只留了沒幾百塊，而爸媽說要幫我存起來的錢也就這樣不見了。長大後才知道我被騙了，所以以後他們說要存起來，我都不給他們。直到我國小四、五年級開始，爸媽說要抽一點起來繳學費，我才給他們的。等到六年級時，媽媽才真的把我的紅包錢拿去存，可是拿去存，我也只留了沒多少錢。

而我過新年的紅包錢，一半拿去存後，剩下的就會拿去花。三、四年級的時候好像都是被我拿到台北地下街去夾娃娃，還曾經夾一袋回家過，但是現在覺得這樣是在浪費錢，所以就算要夾，也只會花一點點的錢就好了。而到了五、六年級時則把錢拿去買漫畫，可是漫畫一本又很貴，所以錢一下就沒了，雖然知道一下就沒錢了，但我還是不斷的買。在六年級時我買了一台電動，雖然說我是用自己的錢買的，但其實爸媽幫忙出了一些錢，我很感謝他們。而今年過新年拿到的紅包，我想把一些拿去存起來，一些留下來買漫畫……等的東西，但是這一次我也想要用紅包錢買一台跟之前不一樣的電動，不知道爸媽會不會答應啊？

我最喜歡的節日——春節

蕭俊宏

我最喜歡的節日就是春節，因為春節可以拿到我最喜愛，也是我最期待的紅包，還可以穿新衣、戴新帽、放鞭炮煙火，全都是我最喜愛，也是我最期待的事物。

還記得有一次春節，我不小心將姐姐和我的新外套，用鞭炮各炸開了一個小洞，也因此媽媽被我的行為氣得七竅生煙，我還被罵得狗血淋頭，那時我覺得有夠衰，怎麼會發生這麼衰的事情。我還發生過自己玩鞭炮，炸到自己的手，起了很多個水泡，夠可惡的是，我表哥還將它一一壓破。因為那時才小一，所以被壓了一顆後，我就放聲大哭，像小嬰兒一樣，哇哇大哭，哭得連遠方三百公尺的住家，都出來看發生什麼事。

因為我有三個姑姑，所以每當春節時，我都可以在三個姑姑家裡吃到五花八門的食物。例如：在大姑姑家裡，可以吃到鳳梨蝦球，在二姑姑可以喝到雞湯……等，最後在三姑姑家可以吃到生菜莎拉，也可以喝到燕窩，所以我很喜歡過春節，因為可以吃到那麼多豐富的食物，而且姐姐也跟我一樣喜歡春節。

最後，我覺得春節是一個可以讓人充滿期待的日子，有紅包可以拿，讓人充滿幸福，又因為全家聚在一張大桌子，一起談天說地，吃著用愛心做的飯菜，讓大家的感情日益增加。就因為這些好處，所以我很喜歡每年的春節，而我現在正在期待明年的春節，我越期待，就越興奮，或許還得用鎮定劑，鎮定自己的情緒。

最愛過年

鄭鈺萱

年獸的傳說是這樣子，因為年獸長期在深山中睡覺，只有在農曆一月時下山來覓食，所以每到那時候，村裡的人都逃到另一個村莊。有一次，大家正在往另一個村莊逃命時，有一個乞丐在討東西吃，結果都沒人理他，只有一位老婆婆叫他兒子拿東西給乞丐吃，結果乞丐說要告訴老婆婆怎樣可以對付年獸。到了晚上，老婆按照乞丐說的把兩張紅紙貼在門上，然後年獸來時再放鞭炮，果然真的把年獸趕走了。這就是大家耳熟能詳的故事，後來農曆一月時，就變成現在的過年了。

你知道我為什麼喜歡過年？過年除了可以買堆積如山的衣服外，還可以拿到超多的紅包。還有還有每次回爺爺家過年時，總是有一大桌的山珍海味，比外面的大餐廳煮得還要豐盛，讓我吃到好撐。吃飽後一定少不了一樣遊戲，那就是打牌啦！

吃飽後，叔叔的客廳馬上就被我們幾個小孩子擠滿了，因為大家都摩拳擦掌，大展身手了。好險我都小贏，因為輸的總是我的小堂弟，而且他每次玩完一定嚎啕大哭，因為他的紅包已經輸光了，這變成過年一定會出現的場景之一。

接下來就是初二了，媽媽要回娘家。每一年外婆總是親自下廚，而且一定煮一大桌的滿漢全席給我們吃。飯後，在爺爺家是打大老二，在外公家是打麻將，休息時就會和阿姨聊天。有時舅舅他們也會來，這樣就可多拿幾個紅包啦，真好！

我知道其實過年可以代表團圓，因為大家長期在外地工作，很少時間可以回去看看自己的家人，所以可以利用過年來團圓，而外公外婆、爺爺奶奶也可以好好的關心自己的子女。所以，我想他們也很喜歡過年吧！

在一年三百六十五天那麼多節日中，我最喜歡過年，除了可以買堆積如山的衣服、領一大堆紅包外，最重要的就是「團圓」。這就我最喜歡的節日，希望你也會喜歡。

我最討厭的節日——新年

劉得新

每年農曆十二月三十日應是所有小孩最開心的一天，放煙火、拿壓歲錢……。但凡事總有例外，而我就是那例外中的其中之一。

除夕夜是每個小孩最期待的節日，一吃完飯，就到發壓歲錢的時間了。那紅色紙袋中有許多藍色紙張，讓每個小孩都喜上眉梢。但我並不能和其他人一樣到學校炫耀拿了多少錢，只可以在旁邊聽他們爭得面紅耳赤，就因為壓歲錢都被媽媽存到銀行裡了。雖然知道這是為了我好，存起來以備不時之需，但難免有些怨言，讓我與同學的談話格格不入，甚至有人問我拿了多少時，因為尷尬，只能草草帶過。

每當我走出家門時，看向天空那一朵朵五彩繽紛的大型花朵，心裡不禁羨慕起那些可以放煙火的人。我家是三合院，雖然也有空地，但是左鄰右舍都相當早睡，一放煙火就會吵到人，所以只能在白天過過癮而已，當然也沒有那漂亮的顏色點綴天空，心中就有股難以言喻的落寞感。

過年時我們全家都會團聚，伯叔、堂哥、表哥……等，因此飯菜要準備非常多，如果在外面買，將會是一大支出，所以我們都是以菜園的菜為主。古時有句名言：「一分耕耘，一分收穫」，要有菜吃就必須自己下田澆水、施肥，所以當別人都在玩樂時，我都要在菜園中做事，菜帶回家後還需要挑菜，這工作當然還是我在做，雖然很想罷工，但如此就會讓全家沒菜吃，這段時間就是我最辛苦了。

當我看到小孩都在玩，其他大人也都在聊天，只有我們家都在做事時，我就會一直向媽媽抱怨，認為這一切都是不公平的，但也不能改變任何事，只能認命地把事做完，然後再休息看電視，繼續重複所有的事。

每次早上起來，就要開始做家事。春節期間地板常有紙杯、糖果紙，有時還會有許多落葉，簡直防不勝防，吃飽飯後，還要幫忙洗那數不清的碗盤，偶爾有一些空閒的時間，就立刻進房間補眠，避免到時體力不支倒地。

雖然很忙，但全家人團聚的喜悅還是不可能沒有的，我們會時時刻刻討論這段時間的點點滴滴，所有人天南地北的聊，盡情享受那難得的時光，好不快樂！不過如此的歡樂總是比不上過年期間的辛勞，所以我不喜歡讓人忙碌疲累的新年。

抽屜

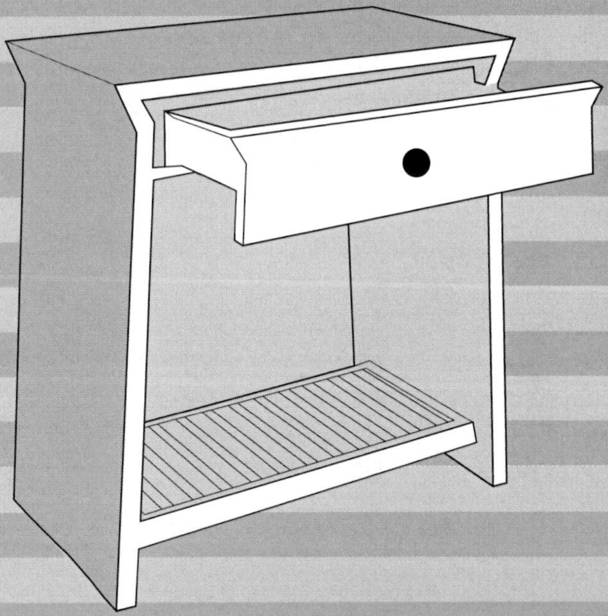

抽屜

石芳綺

抽屜裡，放著有一年媽媽送給我的生日禮物。而它也是我記憶深刻的一項禮物。

當時我的生日就快到了，媽媽就決定在假日時帶我去買我的生日禮物，我知道了就很開心，期待著假日的到來。

等到了那一天，我很開心的叫媽媽帶我出門去買我的生日禮物，我們去了許多地方，也看了許多東西，不管是任何的小東西、有趣的物品……都看過了，但是都沒有一樣是我喜歡的，可是就在經過一家店時，我就決定進去看一看。

那一家店賣的東西是一些裝飾品，而且那些裝飾品都很漂亮、可愛，我在裡面看東西時，剛好在一個透明的櫃子裡看到一個音樂盒，它是一個天使，而且每一個天使手上拿的東西都不一樣，有的拿鼓、有的拿喇叭、還有的是拿長笛，整個配起來就是一個樂團，那時我看上了手上拿長笛的那一位天使，便跟媽媽說我想要那一個當我的生日禮物，可是那一個好像很貴，但媽媽還是買給我了，我很謝謝媽媽。

而抽屜裡讓我記憶最深刻的一項物品，就是媽媽送我的那一個禮物了，所以我要好好的珍惜那個漂亮又貴重的生日禮物。

抽屜

劉得新

在我的書桌最下層抽屜有一疊為數不薄的紙，那些是我在國小時段做得最幼稚的一件事，但也是我最美好的回憶。

那時我們一群人常常一起打籃球，也常在較量彼此的成績。有一回，其中一個人說：「不然我們來登記每天的成績吧！這樣不但可以記錄每日的成績，還可以在畢業時總和所有人的平均成績。」當時，就只有我不同意，原因無他，只因為這件麻煩的苦差事一定會落在身為「小弟」的我身上。

不過，身為小弟就沒有反對的餘地，一開始會覺得厭煩，但越記越上癮，最後就從「別人找我記成績」變成「我找別人要成績」，他們雖然很吃驚，但也沒多問為什麼。

快畢業時，其他人漸漸淡忘了這件事，但我並未將它們資源回收，而是將它們收藏在我的抽屜中，把這難忘的回憶保存起來。

每當打開抽屜看到那疊紙時，心中難免會感到好笑，「我怎麼會做那麼幼稚的事呢？」是我時常問自己的問題，就算如此，還是無法打消我保存它們的念頭，只因為那段時間，已經成為我最美好和最深刻的回憶。

抽屜

許宜儒

在家裡，都有大大小小的抽屜，而每個抽屜都存放著不同的東西，有可能是令我們一看到就氣急敗壞想丟的東西；也有可能是溫馨感人的物品。而在我的印象裡，我抽屜裡面放的是「一封封寫滿祝福的卡片」。

從小到大，最希望的是收到家人和朋友的祝福。在某一次的生日時，一位志同道合的朋友在一張大卡片上，寫了我和她之間兒童時有趣以及溫馨感人的回憶。她認為寫這些是對我最好的祝福，所以我含著淚水，感動的收下這充滿溫馨時刻的回憶，而我也立刻上前去擁抱了她。

收到禮物的當下真的很開心、很感動，從來都沒有一個朋友對我這麼真誠、對我這麼在乎。現在，我們倆雖然各自上了不同的國中，但是每當一打開那個屬於我們的「友情百寶箱」時，跟她在一起的每一分、每一秒的時光，都彷彿歷歷在目的出現在眼前。

抽屜

郭亞芯

每一個抽屜裡的物品，都裝著不同的東西，不同的回憶，而我最喜愛的抽屜，就是裝滿著「卡片」的抽屜。

我認為卡片是所有禮物中，最具有紀念意義的物品，裡面寫的每一句話，都是送件者的祝福。而令我印象最深刻的卡片，是姐姐送給我的生日卡，她並沒有用任何東西包裝，只是用一張簡單的白紙，摺了兩摺後送到我的手裡，一打開，裡面有好多個愛心，不同的顏色，不同的大小，而中間是兩隻可愛的兔子，這是我收過最平凡也是最特別的一張卡片了。

好幾次，我心血來潮的想要整理抽屜，但最後還是跑向卡片的世界裡去，不管看幾次都不會膩。每年我生日，都會帶著大包小包的禮物回到家，把每一樣物品收到我的抽屜裡，等到再次打開它的時候，繼續慢慢地讀著每一行，既動人又令人喜悅的文字，細細的咀嚼，細細的品嘗……。

我的卡片，我的回憶，在抽屜的世界裡不斷的堆積，不斷的增加，無論經過多少年後，我的抽屜還是會記著「我的童年，我的回憶」。

抽屜

戴婕妮

「抽屜」是每個人從小到大不可或缺的「倉庫」，裡面總是存放著許多大大小小的物品，可能是充滿回憶的照片、父母送的禮物……。每當我打開「抽屜」，第一個出現在我眼前的是我的第一份「生日禮物」。

想當年，我還是一個沒有課業壓力、無憂無慮的小女孩。那時，在幼稚園裡，我是一個調皮搗蛋、愛捉弄人、讓老師頭疼的學生，幾乎每個人都受不了我，而我也漸漸地開始被孤立了起來，所以，每天我都害怕去學校。

那一天，我照樣的來到幼稚園，坐在我的座位上，還是一樣的，沒有人跟我玩，但是，我感覺到那天的氣氛瀰漫著說也說不上來的奇怪氣息，而這股氣息一直存在到下午，那時，我午休起床，打開抽屜，赫然看見一個粉紅色兔子玩偶，而大家也突然大聲的說：「祝你生日快樂！」

原來，那天是我的生日，我熱淚盈眶的對他們說：「謝謝！謝謝！」自從那件事發生後，我有了重大改變，開始會幫助別人、讓座給老年人，所以，每當我打開「抽屜」，我便會看見兔子玩偶，想起幼稚園時的種種關於我和同學們的回憶。

抽屜

李定芩

我的書桌旁有一個三層櫃，抽屜擺放著許多物品，有生日卡片、文具用品、筆記本……等，也有許多懷念的東西。

在抽屜裡，令我印象最深刻的物品，那就是畢業禮物。在國小六年級的畢業典禮中，我們的班導送給每個人一份禮物，以便留做紀念，到現在還存放在抽屜裡，每當我拿著它時，便會想起六年的國小生活，也會想到與同學們快樂的時光，一起玩耍、一起上課、一起考試……等。想到這，我不禁開始難過起來，不知他們現在如何？有沒有適應國中的生活？還是每天被沉重的考試壓力壓得喘不過氣來？這些問題，在我的心中產生了一個大問號。

畢業典禮當天，大家收到禮物後，都開心不已，一回到家，便開始拆開信封，細讀老師所寫給我們的信，原來在班上常破口大罵的老師，其實心裡是很關心我們的。在畢業一個多月後，同學邀請老師一起參加我們的同學會，大家開心的吃吃喝喝，邊吃邊聊我們暑假中發生的事情，又聊以後上國中如何再聯絡對方，或如何再一起出去遊玩，就這樣，快樂的一天漸漸接近尾聲了。

抽屜其實可以給人許多懷念、許多期盼，也給予了我國小的回憶，讓我永遠都不會忘記國小的快樂時光。

抽屜

謝淳安

從小到大的求學生涯中總是有抽屜來陪伴我度過，它是我最知心的好友，也是我的好同學。

打開抽屜，東西應有盡有，它的肚子裡，是我對小時候滿滿的回憶，尤其是那張已有些泛黃的相片。回想起七年前的春天，我們在台南的奶奶家度過快樂的假期，每天都有新奇的事物等著我們去發現。而那時奶奶的菜園是我最喜愛的遊樂園，因為可以幫忙抓菜蟲換獎勵品。

菜蟲在青菜上爬呀爬，怎樣也抓不完，好像在跟我們玩躲貓貓似的，這兒抓完了，那兒又冒出一隻，每次回家時都汗流浹背，但是只要到了奶奶的菜園，就能忘掉所有的煩惱，和毛毛蟲的躲貓貓總是使我期待不已。

當國小生活的序幕被揭開後，奶奶的菜園以及毛毛蟲，似乎慢慢從我的記憶中離去，無論我如何呼喚，也喚不回那段已經逝去的回憶，轉而替代的是許許多多的壓力，考試和作業，每當到了夜深人靜時，才能在夢境中與它們相見。一陣風吹來，將我在沉醉的思緒中拉了出來，我依然在教室中。

我還是原來的那個我，只是腦海中多了陣陣嘆息。

抽屜

楊宇崴

抽屜裡放了我從小到大的許多回憶，有好的回憶，也有壞的回憶。像是小時候不懂事亂拿東西，也會藏到抽屜裡，不過令我印象最深刻的還是我的第一份禮物。

有一天，爸爸帶我們全家到百貨公司，走著走著，我正覺得無聊時，看到了一個玩具，我很喜歡，就跟爸爸講，爸爸雖然同意了，但是媽媽說要等我國小二年級段考的成績出來再說，回到家後，我就把抽屜清乾淨，因為那是要放那個玩具的抽屜，然後我就一直等到段考成績出來。

終於等到段考這一天的到來，我很快的寫完考卷，就這樣我得了第三名，回家趕快跟媽媽講，她就帶我去買那個玩具，終於買到了，當時我非常開心，那時只要一有空就會從那個抽屜裡拿出來玩。

時間一下就過了，我也上國一了，也沒再玩那個玩具，我就把它送給了妹妹，不過每當我打開那個抽屜，就會想起以前的快樂時光。

抽屜

龍妤瑄

抽屜對我來說很重要，沒有了它我或許有很多的東西都不知道放在哪裡。它可以存放著許多重要的物品；也可以放著討厭到極點的東西，一切都看自己如何使用。

通常男女生不敢告白時，就會把情書或者是巧克力放進對方的抽屜，像這種時候就幫了自己很大的忙。像有一次，在我肚子餓時，下課後抽屜竟然多出了一個草莓麵包，我當下又驚又喜，便立刻把食物給吃了進去。過了幾天才知道那是旁邊男生要我送給他喜歡的人的禮物，而我卻理所當然的把它吃下去，還得要跟那兩個人道歉。

在收到自己想要的東西時，很多人就會很高興的把那樣東西占為己有。但有時並不如自己想的那樣順利，一定要搞清楚那樣東西從何而來。經過這件事後，我就不太敢平白無故的收下來歷不明的東西，而且這件事害得我之後見到他們就覺得尷尬，不知道要說什麼，真是活該呀我。

現在我的抽屜不是放書就是放文具，如果我收到別人的東西，應該就是還回去吧！免得為自己找了不必要的麻煩。

抽屜

邱雨庭

每次回家，我總是喜歡打開抽屜，裡面放著各式各樣的東西，每看到一樣物品，就會勾起往日的回憶。看著看著，我突然興奮地拿起一個透明的小盒子並打開它，取出一片小小的亮片，這讓我想起一段珍貴的回憶……。

那時候的我剛升上四年級，是個安靜的小孩，所以媽媽帶我去看舞台劇——小飛俠。我們開著車到了台北市，依序按著座位坐定位後，一場神奇逼真的戲劇隨著燈光忽明忽暗開始了。起先，我發現他們大多是香港人，而且除了海盜外，幾乎都是小五、小六、或國一、國二的學生。我很佩服他們，因為他們不只要承受國中小時期的學業壓力，更為了帶給觀眾們驚奇與歡樂，忍著痛去吊鋼索。而我那小小的亮片，正是彼得潘送我的紀念品，是他飛翔在空中時灑下的亮片。

我把亮片放回了抽屜，深深告訴自己一個啟示：想要做什麼，就去做什麼，只要不要放棄，結果一定會成功！抽屜是一個世界，一個讓人想起往事的世界。

抽屜

陳玉貞

我的抽屜有許許多多的物品，有課本、小說、筆記本……等。但是，我要講一個真實故事，故事就發生在我三年級的時候。

每天早晨，我都在六點鐘準時起床，等我事情做好，就差不多七點了，所以媽媽總是說我動作太慢。就在這一天，我在抽屜發現媽媽寫給我的一封信，信中是這麼寫著：

女兒：

希望你的動作能快一點，不要每天拖拖拉拉的，這樣上了國中會很忙碌，沒有唸書的時間，我沒有要責備你的意思，只希望你能改進動作慢吞吞的壞習慣。

看完這封信，我哭了，沒想到母親是那麼的為我著想。之後抽屜就成為我和媽媽交換日記的所在。媽媽希望我做什麼，我都會盡力做到，或者，我希望媽媽如何，也可以寫信給媽媽。之後，姊姊也成為了寫交換日記的其中一員。想到這裡，我覺得我是全世界最幸福的人。

我覺得我有一座非常堅固、溫暖的避風港——家，因為全家的力量結合在一起，使我們對彼此間十分信任，不會因外人說什麼而互相質疑，而且在外遇到困難，實在想不出什麼法子時，只要說出來讓家人知道事情的概況，或許事情就能因此而解決了呢！最後，我希望可以一直維持現在幸福美滿的家庭。

抽屜

陳妤

媽媽常說，我的抽屜裡一定塞滿了一堆「垃圾」，但她不知道這抽屜裡，存放著我許多的寶物。抽屜裡，有一隻可愛的小兔子娃娃，這個娃娃，是我最寶貝的東西。

這隻小兔子，是我小學一年級收到的禮物。是一年級時，我最好的朋友送我的。我跟她可說是無話不談的朋友，我們每天都相處在一起，一起聊天、一起玩。就在二年級下學期的時候，因為媽媽工作的關係，我必須轉學，知道這個消息，我們心中感到萬分的難過、萬分的不捨。

就在要離別的那天，這位好朋友送我一隻可愛的兔子娃娃，當她把這隻兔子娃娃放到我手上時，眼淚再也忍不住地流下來了。已經五年了，我都沒有再見到她，但是，我一直把她當作我最好的朋友，因此十分珍惜她送給我的小兔子。

這隻兔子娃娃對別人來說，可能只是個占空間的東西，但在我眼裡，它是任何東西都不能取代的寶物。每次看到它，所有的酸甜苦辣的回憶，都會一一湧現。

抽屜裡的東西很多，但不管東西再怎麼多，我都不會把這隻兔子娃娃丟掉，因為它是我最珍貴的寶物。

我最喜歡的季節

我最喜歡的季節——秋天

許婷雅

我最喜歡的季節是秋天，我喜歡它美麗的景色及宜人的氣候。

秋天最美的景色就屬楓紅層層的深秋了。這時滿山遍野全都是美麗的楓紅藝術長廊。戴著以橘紅色楓葉編織成毛帽的楓樹先生、小姐們，紛紛迫不及待的伸出它們那被袖子遮蓋住的美麗雙手，歡迎我們的到來，而美麗的楓葉掉落下來時，就像橘紅色的的雪花，舞著優雅舞步，翩翩落下，為大地鋪上了一條美麗高貴的紅地毯。這種美不勝收的景色是只有秋天才看得到。聽說奧萬大是有名的賞楓景點，到了秋季，必定是人山人海，希望有機會去一睹它的風采。

　　秋天的天氣不像夏天那般酷熱，也不像冬天那般寒冷，秋高氣爽的天氣，最適合全家人一起到戶外踏青，或和朋友相約在公園玩耍、散步了。秋天晚上，我最喜歡和家人一同去公園散步。秋夜涼爽的風吹拂在我臉上，彷彿柔軟的綢緞輕輕拍打在我的臉上，舒服極了！在享受綢緞般的吹拂時，我們天南地北的閒聊著，一路歡聲笑語，這是我們最幸福的時光。

　　秋天，楓紅美景及宜人氣候，總令人心曠神怡，陶醉其中。可惜我們的地球持續暖化，氣候異常，漸漸地，已感受不到四季分明的季節了。因此，讓我們一齊節能減碳，保護我們美麗的地球，才能讓我們永遠欣賞得到美麗的秋天！

秋天的禮物

薛瑞婷

秋天到了，天氣舒適輕爽，因此爸爸決定帶我和妹妹去公園放風箏。我想也是，這麼舒服的天氣，不去吹吹風，多可惜呀！

到了公園後，發現公園也有許多人在放風箏。這麼一來，我更期待放風箏了，因為我從沒放過風箏。首先，爸爸示範如何放風箏，結束之後，大家都拍手叫好呢！

接著，輪到我了。哇！真的飛起來了，還挺高的呢！不過，我不敢說是我的技術好。但放風箏時，不可缺少的當然是風，因此我稱它為「秋天的禮物」。

在回家的路上，我們經過了一個步道，剎那間，一片通紅的楓葉從我面前飄落，我快速的將那楓葉拾起，好漂亮的顏色、好美麗的形狀！我迫不及待的想將它做成書籤。回到家後，發現它在我小心翼翼的保護下，果然還完好如初，我立刻將它夾在厚厚的字典中間。

這趟「風箏之旅」總算結束了！秋天，這個季節果然是很美的，也是我最喜歡的季節。而這段小旅行不僅讓我獲益良多，更讓我有了一個書籤，也學到了如何放風箏。謝謝「秋天」送我的「禮物」！

夏天最棒的享受

謝淳安

輕輕地搖著手中的蒲扇，任由陽光透過葉隙，把閃閃發光的金幣撒了滿地；靜靜地望著高大挺拔的樹幹，聆聽動物們的演奏，這兒有閃閃發亮的舞臺，卻沒有人們的掌聲，牠們仍默默地演奏著不知名的曲子，帶給大家最美好的音樂饗宴，夏天的序幕就在熱鬧中悄悄地被揭開了。

在這艷陽高掛、火傘高張的季節裡，乘著車飛馳在滾燙的路面上，炎熱的薰風「搖身一變」成了此時最溫柔可人的涼風。啊！終於看到了，看到了那一望無際的大海，車子才剛停下，我便迫不及待地奔向它的懷抱，這藍色是人們的憂愁，人們將它們丟棄於此，而大海用它那靈巧的雙手把這些藍色的波浪編織成一張柔軟的被單。

此刻端著熱呼呼的咖啡，想像著岸邊的岩石是枕頭，大海是棉被，而那廣闊的天地就是我的房間，在這專屬於我的想像天地中度過夏日難得的悠閒時刻，海風吹拂過我的臉頰，憂愁被吹向九霄雲外，看著那漸漸西落的圓渾，真是幅絕美的畫作。

「吱——」響徹雲霄的蟬鳴聲又再度響起，刺眼的太陽散發出炙熱的光芒，而我的思緒便隨著陽光蒸發了，還需說什麼？咱們來去海邊戲水消暑吧！

感受秋天

徐逸辰

秋天的微風，吹拂過我的臉龐，帶來一股蕭瑟之感。樹上的葉子也被夕陽染紅了，鳥兒也跟著歸巢了。剛升國一的秋，剛升小一的秋，剛出生的秋，日復一日，年復一年，時光飛逝，我已感受到不同的秋。

每當我在秋天騎單車時，總會感受到她熱情的歡迎我，因為秋風輕輕的拂過了我的臉頰，讓我感到十分舒服，因為這些風讓我和弟弟與朋友們玩得不亦樂乎。通常風伴著我們都可以玩到兩個多小時，我們玩著警匪追逐戰，總是玩得滿身大汗。這時有秋風的伴隨，讓我不再感到炎熱。

秋高氣爽，也是露營的好日子，露營可以讓自己放鬆心情，拋下繁重的課業，聽著由「大自然交響樂團」所帶來的演奏會——蟲鳴鳥叫，一旁還有好心的秋風來充當冷氣呢！讓我感到涼爽無比，透過了此次的露營活動，也能增進全家人的感情。

踩著輕鬆的步伐，哼著愉快的曲調，秋天不再蕭瑟了，因為有陽光讓我感到溫暖，因為騎車讓我感受到風的速度，因為旅遊讓我找到自己。大自然給四季的魅力無法擋，讓四季在自己的舞臺上嶄露頭角，秋天是若隱若現的，只等人們去發覺她的美。

夏天最棒的享受

許馨予

大大的太陽高掛在藍天白雲旁，有時讓人精神振作、充滿活力，有時又會使人汗流浹背得動也不想動，會讓人感到不舒服。面對炎炎的酷夏，攝氏飆破三十五度的高溫，吃著一樣東西，就能讓身體像魔術般變成一個冰涼的冰棒，那就是「雪花冰」。

在炎炎的夏日裡，吃碗雪花冰非常幸福，也是非常享受的一件事，相信老少都愛吃冰來消暑一下。吃冰最好的時機，當然就是在六月、七月以及八月，這些月份是夏季吃冰的最好時節。

當溫度一直往上衝，連風都不來拜訪每戶人家的時候，四周的空氣瞬間變熱呼呼，會使大家身心煩躁，但這也是無法避免的。除了吃冰消暑之外，還可以到涼爽的水裡游泳，不但能夠把身上的肥肉減掉，在變瘦之後還能穿上很辣的泳裝。雖然要在炎熱的太陽底下活動會非常非常的炎熱，但去海灘戲水、游泳或者是堆沙堡，早已是生活中必要的活動。

藍天白雲，夏日的腳步又即將到來，面對著炎熱的氣候，當然就是到冰店買冰吃或到海邊戲水，不用說不用想，夏日的活動大概就是這些！

最難忘的一件事

最難忘的一件事

謝淳安

在過去十二年的歲月中，我嚐盡悲、歡、離、合的各種滋味，有時酸，有時甜，有時卻苦不堪言。第一次上臺演講、第一次得到第一名的獎狀、第一次釣魚、第一次上臺演奏鋼琴……。人的一生有好多個第一次，如果不去想起，它就像一顆微不足道的塵埃，永遠躲在黑暗的角落，一旦思想起，卻又歷歷如繪。

回憶從前，我是一個內向，凡事都一笑置之的女孩，正因為內向而沒什麼朋友，總是孤伶伶的坐在位子上。當語文競賽即將來臨時，我原想一定與我無干，正打算鬆一口氣時，竟被老師派去參加了國語演講，我心想一向不喜歡說話的我為什麼被派去演講呢？當那一天來臨時，我心中的疑問終於得到了答案，原本一上臺就眼冒金星、結結巴巴的我，似乎在當天特別受幸運之神的眷顧，眼前一閃一閃的小星星不見了，轉而替代的是勇氣的小精靈圍繞著我，我發覺「大方」似乎不像想像那麼恐怖呢！

我的第一次演講比賽就在完美中落幕了，至今仍使我難以忘懷，那一天真是讓我獲益良多，不僅為班上爭取了一份殊榮，也讓我更加開朗了，希望還有機會參加。

最難忘的一件事

戴婕妮

人的一生中有許多的記憶，有的是難以忘懷的，有的是一過即忘的……。而我最難忘的一件事是發生在童年時迷路的記憶。

「噹——噹——噹——」放學的鐘聲響了，我馬上收拾書包往校門口跑。那時的我才剛上小學一年級，所以每天都很期待放學，我在校門口等著媽媽來接我，時間一分一秒的飛逝。最後，我決定要自己走回家去，而事情也就在這裡拉開序幕了。

眼淚一滴一滴的從我的眼眶裡跑出來，天黑了，這陌生的路讓我不知往哪裡走，我就一直站在那裡。突然，一部車停靠在我旁邊，車窗搖下來，我一看，馬上奔跑向前，是爸爸！爸爸問：「妮妮，妳怎麼會在這裡呢？」我什麼都沒說，便上了爸爸的車。

回到家，我的眼淚還是一直流，爸爸媽媽擔憂的看著我，正當我以為他們要罵時，我趕緊說：「對不起！我沒有乖乖聽您們的話，在校門口等您們。」就在我等著爸媽開始罵我時，爸爸說：「我們去吃飯吧！」我很錯愕，但還是乖乖的走到餐桌旁吃飯。

自從這件事發生之後，我很開心當時面臨的不是責罵，而是關心我餓不餓，那時甜甜的暖意在我心中漾開，這件事便是我最難忘的一件事。

最難忘的一件事

許宜儒

暑假，是個令人興高采烈、迫不及待的想要趕快計畫出去玩的假期。每個人臉上應該是帶著笑容滿面的心情度過美好的暑假，然而我卻是與大家過的日子剛好相反。

七月中旬我在補習班附近發生了一場車禍，那時的場面真的是令人不堪入目，看到的人，應該是心有餘悸。被車撞到的我，當下的面孔是朝天空望著，等到我定神時，才感覺我的腳已是劇烈疼痛了，兩顆斗大的淚珠頓時落了下來。而後，有幾位好心人士的幫助，我才可以平安回到家。

當天發生，就去醫院檢查，沒想到最令我不想知道的答案，竟然發生在我身上——骨折。得知這項消息後，日復一日，不是在家休養，就是回醫院復診，每天就這樣不斷的重複相同的事。看到父母親每天不斷為我來回奔波，始終不輟，也知道他們滴下來的汗水，都是「親情之愛」。

每天看著父母為我做一大堆事，辛苦的為我奔波，能不印象深刻嗎？而現在，腳漸漸地好了起來，終於有「走路」的能力回報父母了，我很替自己開心，也很替爸媽感到欣慰。經過這次難忘的事情，我知道爸媽是愛我的。

最難忘的一件事

郭亞芯

那一年，就在我七、八歲的時候，出國到香港玩，發生了令我印象深刻的一件事。

那天，我們全家和爸爸的朋友去香港迪士尼樂園玩，那裡的每個裝飾、每個設施、每個卡通人物，都讓人興奮不已。我邊走邊跳的跟著家人跳到地鐵，媽媽牽著姐姐，爸爸帶著我等待火車。當時我年紀還小，喜悅的心和腳步開始亂跑，走著走著，看到火車緩緩的移動著，然後……我看到媽媽隔著小火車的窗戶，焦急的臉龐正對著我說話，火車就這樣，無情的開走了。

我隱約的感受到，媽媽好像跟我說「不要亂跑」，我站在原地，想著我是不是再也見不到媽媽了，越想越傷心，幼小的心靈終於承受不住，眼眶泛著淚水，一滴滴的落下來。有位服務人員看到我，就關心地問我一大堆事，我害怕得完全沒聽她說話，就放聲大哭，淚水越來越多，不知道過了多久，視線模糊的我看到一個人影跑了過來，我一邊擦淚一邊跑過去，「媽媽！」媽媽抱住我，她也哭了，媽媽露出擔心的神情，姐姐和爸爸也來了，我好高興，我再也不要離開他們了。

發生這件事情後，我知道家人對我的關心和疼愛，我也了解在媽媽的心裡「我有多重要」。這個回憶雖然可怕，但在我心目中，永遠是我最難忘也最寶貴的一件事。

最難忘的一件事

劉得新

在我人生中最難忘的事情，莫過於小時候出去玩的種種經歷。其中更讓我有熱鐵烙膚般記憶的就是幼稚園時全家和舅舅家一起去海邊玩的那一次。

那一個假日，一早舅舅就打電話問我們要不要一起去海邊玩，媽媽還沒回答，我就在旁幫腔：「當然要去！」媽媽考慮一會兒後就答應了。

在前往海邊的路上，風和日麗，海風徐徐吹來，好不涼快！到達目的地後，我就立刻換上泳裝下水游泳，接近午餐時候才休息。

下午我就在堆沙堡、撿貝殼，和姊姊與表姊一起追逐嬉戲。我們比誰的沙堡堆得最雄偉壯麗，誰撿的貝殼最琳瑯滿目，之後就拿出各自帶的水槍打水戰。那時幼小的我和其他人相差至少五歲，身體也瘦小許多，自然而然成為大家圍攻的對象，不久後便繳械投降，很狼狽，但很有趣。一直到夕陽西下，才在父母的催促聲中依依不捨地離開。

那是我第一次去海邊，因為常看到電視、雜誌，甚至是課本上都有海邊美麗的圖片，所以非常嚮往，有機會親身經歷，我相當興奮，那邊的景色有如神仙下凡作畫，令人欣賞起來如癡如醉，這個第一次，也成為我一生中最美好、最難忘的回憶。

最難忘的一件事

陳玉貞

我最難忘的一件事發生在我小學二年級時，跟往常一樣，總是晚上九點半時就上床睡覺了。正睡的香甜時，忽然覺得肚子痛痛的，所以就起床告訴媽媽，媽媽一聽心急了，包包和外套一拿，就趕快帶我去醫院了。

看過醫生後，才知道原來我得了腸胃炎，還有一點發燒。之後，媽媽帶我回家了。回到家後，媽媽叫我趕緊到床上躺著，並拿開水及毛巾來，毛巾敷在我的額頭上，又拿開水給我喝，媽媽不眠不休的在旁邊照顧我，看著她為我做這麼多，讓我好感動！

隔天，媽媽跟學校請假，還跟公司請假在家照顧我，最令我感動的是，因為腸胃炎，醫生說要吃清淡些，所以一大早媽媽就去市場買新鮮的魚，然後親手將魚刺挑掉，拿去跟稀飯一起煮，成了魚粥。吃了之後，發現媽媽的廚藝竟然讓我的心暖了起來，經過媽媽多日的照顧，我的病好起來了。

這件事直到現在還深深的烙印在我的心底，我很感謝媽媽在我困難時幫助我，生病時在旁照顧我，真的非常謝謝媽媽。我想對媽媽說：「媽！您在我心目中永遠都是最偉大的母親！」希望媽媽能聽到我說的話。

影響我最深的……

影響我最深的一個人

許宜儒

很多人都有被其他人影響的經驗，但大部分都是被爸爸媽媽影響，而影響我最深的人卻是姐姐。她不僅是我的姐姐，更可以說是我的朋友。

家中最常跟我一起聊天、談心事的人就是姐姐，我常常對姐姐說在學校開心或者是生氣、難過的事，她總是很認真專心的聆聽，聽完後，她馬上就能一語中的指出重點，讓我知道真正的原因。她也會不時的提出自己的經驗跟我分享，讓我獲益良多。關於這點，我真的認為我被她影響很多，她讓我學到怎樣才能抓住重點、怎樣好好控制自己的情緒……等。所以有時候，我幾乎都成為朋友的「心情聆聽者」。

另外，她還有教導我一件事。暑假時上國一先修班，先修班都會出各科的作業，回家後，我偶爾會把不會的問題問姐姐，當她看到我的作業幾乎都只有寫答案，沒有圈什麼重點時，她就認真、細心的教我怎麼圈重點，好讓我知道在考試或作業上，如何不會被題目騙到，考個好分數。從那次之後，我就開始照著姐姐教我的做法，按部就班的依序作答，果然！一次比一次考得好。

我覺得姐姐真的是影響我很深的一個人，原本我不會主動做的事，都是因為姐姐的影響，我才開始做。我覺得姐姐就像大樹一樣，教導小草和花兒們如何在狂風暴雨下，還能堅強毅力地挺立著，我覺得，這真是太偉大了，因為這不是任何人都可以做得出來的。

影響我最深的一個人

戴婕妮

每個人一生中難免會遇到幾個影響自己最深的人。我在國小求學的過程中，遇到了一個讓我改變自己，影響我非常深的人，就是——謝老師。

謝老師是我國小三年級的班導師，她總是很關心班上的每個同學。記得以前，我們非常不懂事，一點都不懂得包容、體諒別人，所以常吵架、鬧事，但是班導並不會大聲的責罵，她只是用愛心和耐心輔導我們。有一次我和我最好的朋友吵架，老師勸我們要把話說清楚，到最後……，原來只是因為別人亂傳話，這只是個誤會，是老師把我們心裡的結打開的！也讓我知道：「朋友間必須互相信任。」

上班導的課時，大家都非常用心、專心，並不是擺個樣子而已，是因為班導教的是社會科，十分的有趣，班導的活力也影響了班上的上課氣氛，讓我們的注意力都放在班導上，大家也就不會那麼容易分心。但……，最可惜的事：班導只教我們到三年級結束，她就調到別的學校教書了！大家於是決定在結業式那天幫老師辦個歡送會，讓她能留下一個美好的回憶。

遇到這個老師，使我的個性變得開朗、樂觀！而且更上進！也在老師身上學到包容、體諒、耐心和信任，也更懂事了！如果有機會再遇到她，我一定要向她說聲：「謝謝！」她就是影響我最深的人。

影響我最深的一個人

陳彥汝

每個人通常都會有一個影響自己最深的人，而我當然也不例外，在小學六年的童年時光當中，最能影響我的人是五、六年級的老師——朱峻民老師。

在我的心中他是一個最棒的老師，因為老師會在上課的時候補充很多東西給我們。在上數學課時，老師也一定會一直解釋到我們全班都懂為止，還有當我們做錯事的時候，老師就會在上課時間罵人，但是其實老師對我們大家都很好，常常也會不忍心處罰我們。像有一次，我們在老師結婚請假的那段期間，偷偷帶老鼠到學校，被老師發現後，雖然大家都被訓話，可是老師還是給我們一次機會，沒有罰我們。如果有其他老師送喜餅，老師也都是全部給我們，一個也沒有留給自己。

老師在上課的時候補充了那麼多東西，而且有人問老師問題時，如果老師也不會，就會叫問問題的那位同學自己回家查，隔天上那堂課時，再分享給大家，這樣不但幫助自己，也讓大家能增廣見聞。

在老師眼中，即使我不一定是百分之百完美的學生，但在我看來，老師對我的意義重大，從今以後我要認真讀書，讓老師知道，他教出來的不是壞學生，而是一群努力做好自己本份的乖孩子！

影響我最深的一個人

林柔

在我幼稚園大班時，父母就離婚了，那時候我變得很自卑，少了父親對我的關愛，讓我對其他事物都感到很害怕、很不安。漸漸地我封閉了內心，不想和別人接觸，只想要一個人，靜靜地待在自己的世界裡。

後來班上轉來一位長得嬌小又可愛的女孩，她總是熱心助人，也常常面帶著笑容，給人一種很溫暖的感覺，但對我而言，這種溫暖我卻感覺不到。即使我對她不理不睬，但她卻不放棄，繼續與我接觸，彷彿是要把我從黑暗中解救出來，她的善意漸漸打動了我，我也慢慢的打開心扉，學著接納別人。

我的老師和我的媽媽看到我變得活潑、開朗，覺得非常開心，後來我也發現交朋友其實是很快樂的，有了朋友的關懷，我不會寂寞了，我越來越大方，越來越有趣，就像是從蛹裡蛻變出來的蝴蝶，獲得重生。

我想謝謝我的朋友，她讓我變得更堅強更勇敢，也讓我學習相信別人，若是我沒有與她相遇，或許我還是那樣的落寞吧！她對我付出的一切，就像海那麼深，天那麼寬，無論是經過多少歲月，我都會永遠記得她與我的那份真摯友情。

影響我最深的一個人

劉得新

影響我最深的人莫過於三、四年級的導師，她用淺顯易懂的教學方式，改變我之前消極的讀書態度，也讓我的成績突飛猛進，開始喜歡上讀書，使我經常沉浸在自己的書香世界中。

剛升三年級時，我很不喜歡讀書，上課只想著要打球，但老師用許多有趣的方式讓我記住課本的內容，漸漸開始愛上了閱讀。放學後我手上總會有一本課外讀物，在自己的世界中遊玩。老師常常鼓勵我閱讀，我也時常從家裡帶書到學校閱讀，這些書不乏科學、歷史……等，豐富我讀書的內容。

老師常買新書做為考試的獎品，媽媽也會買自修、評量給我複習。經過不斷的衝刺，效果竟比我想像中的還要好，考試也都考得非常理想，家中的獎品就越來越多，當時的我真的很開心，而這些書也時時刻刻的提醒我當時老師的用心。

老師平日十分注重環境整潔工作，於是就規定整潔比賽拿五次優勝就請喝飲料，掃地區域也就越來越乾淨。老師常說打掃是一件小事，但可以看出一個人的處事態度，打掃工作也必須做到整潔乾淨，一絲不苟。老師的話，我永遠記在心裡。

我深刻地體會到老師對我們的用心良苦，我們應該要用功讀書，更要做一個品學兼優的好學生來回報老師。雖然現在我們不常見面，但我絕對不會忘記老師的諄諄教誨。

如果沒有遇到這位真心為我們付出的老師，也就不會有今日的我，所以她是影響我最深的一個人。

影響我最深的一隻狗

謝淳安

猶記得小時候的我是那麼無情，當牠在我身旁打轉時，我總是嫌牠礙手礙腳，生氣的把牠趕走，但是每當我傷心難過時，牠依然在我身旁靜靜的陪伴著我度過一個又一個不愉快的日子。放學回家牠會在門口引領而望的等待我的歸來，那熱情感動了我。

當假日出外遊玩時，只要還有人未跟上，牠便會停下腳步，所以一路上總是走走停停，也因為如此，我們才能將一路上的美景盡收眼底。當北風在屋外用力地敲打著門窗，我們總是冷得直打寒顫，這時牠便會悄悄的來到我們身旁，依偎著我們，用牠的體溫以及柔軟的毛髮為我們取暖。當我們睏了、倦了，牠就睜著烏溜溜的大眼睛，保護大家的安全，連一隻小蟲也休想在我和周公的棋盤上摻一腳。

在那看似平凡的日子裡，牠帶來的溫暖一點一滴地打破我心中那用無情所打造的圍籬，並拔除了那些傷人荊棘，我周遭的朋友慢慢的增加了，原本在我心中遮蓋住天日的樹叢，在短短兩年的時間內消失了，轉而替代的是色彩繽紛的花海。

好景不常的是天神這麼快就將可愛又善良的牠從我身邊迅雷不及掩耳地帶走，牠改變了我，讓我知道被溫暖包圍的滋味，讓我了解助人為快樂之本的意義，並懂得將快樂帶給別人時的喜悅。雖然與牠相隔遙遠，我仍對牠有著無限的懷念，牠就是我的良師益友——雪兒。

影響我最深的人

曾新雅

每個人在這世上都應該會有對自己影響最深的人。對海倫凱勒而言，影響最深的是她的家教老師；對岳飛而言，影響最大的是她的母親。而對我影響最深的人不是別人，就是我國小五、六年級的導師朱峻民老師。

還記得我從五下才轉到元生國小，那時，不安、害怕、擔心的情緒一股腦兒全湧了上來。我每天都在想：什麼時候才能回家？但我發現，上朱老師的課很有趣、很好玩。所以我漸漸打開心房。再過一段時間，連我最討厭的數學，經過朱老師的講解，也覺變得十分有趣，我甚至覺得數學沒有我想像中的那麼困難。

光陰似箭，日月如梭，快樂的時光總是過得特別快。鳳凰花開象徵離別的季節即將來臨。在這期間，朱老師給我們的諄諄教誨，我一一記在心頭。畢業那天，我忍耐已久的情緒終於一發不可收拾，哭得唏哩嘩啦。在朦朧淚眼中，我看到朱老師哭了。回到教室，朱老師彷彿知道我們知道他哭了，他說了一句話：「我沒哭，那只是過敏而已。」剎那間，全班才破涕為笑，緩和了悲傷的情緒。走到校門老師沒說什麼，只說了句：「回到家要打電話報平安。」突然覺得，是該有樣東西要放下了。

朱老師風趣的談笑，使我不再討厭上學，獨特的教學方法讓我發現數學的有趣。我想，五、六年級應該是我國小生涯中最美的回憶了。

影響我最深的人

郭亞芯

當我小學六年級，正當叛逆的時候，會覺得父母好囉唆！但是，升上國一後，我漸漸感受到父母對我的愛。

那陣子，我的同學一直邀我和她們出去玩，我好心動喔！小學六年來，我一直看見那些成群結隊的同學一起出去玩，再想想這些年來的我，不是在家，就是在學校或安親班。當時媽媽極力的反對，我被拒絕兩、三次後，便開始非常的討厭媽媽，雖然媽媽一直告訴我外面的世界多麼可怕，多麼混亂，但是我都不相信也聽不進去，我已經六年級了，為甚麼不能自己出去玩？我心裡有好多好多的問號？

但是，隨著升國一的這段期間，我的想法逐漸改變，看著一篇篇的新聞報導，像我這種年紀的小孩，在外面不是被性侵就是發生意外死亡。這時，我才恍然大悟，為什麼媽媽不讓我離開她的身邊，畢竟在這個社會裡，陷阱太多了，媽媽是多麼希望我能夠平平安安的長大。但是因為我太不懂事了，給了媽媽多大的煩惱和擔心。

現在，我不會再固執的要求了，等我長大心智成熟，可以為自己負責任時，媽媽自然會放我去飛，因為媽媽一直在等我「平安健康的長大」，所以媽媽就是影響我最深的人。

影響我最深的人

邱雨庭

養育我的是爸媽，教育我的是老師，對我來說，他們在我心中都非常的重要。可是影響我最深的人不是他們，而是我的表姐。

從小，表姐就很照顧我，但他們家距離外婆家有點遠，所以我們不是能夠時常見面，但這並不影響我對姐姐的感情，反而讓我更懂得珍惜和表姐見面的機會。和表姐在一起的時候，真的好快樂呀！我們一起在外婆家附近的國小操場上奔馳，在空地打羽毛球，在頂樓上開心的打著舅舅和外婆精心設置的撞球。有時我還到姐姐家作客，姐姐教我數學，一起上網、一起聽網路上找到的音樂，一起看姨丈租的影片，姐姐總是讓我玩得不亦樂乎，非常的高興。

幾年後，姐姐上了國中，國中的生活似乎很忙碌，姐姐拼命讀書，越來越少回去外婆家，隨之我和她見面的次數慢慢減少了，這讓我也擔心了起來，想著自己國中生活是否也會這麼累？時光快速的飛逝，三年過去了，我升上了國中，姐姐也如願的考上自己的目標。聽到這個消息，我心裡欣喜若狂的為她喝采，她努力奮鬥的過程堅定了我的心，也讓我佩服到哭了出來呢！

雖然我們距離遙遠，但是我知道，姐姐正在那邊替我加油，姐姐也知道我在這裡為她歡呼。姐姐不只是影響我最深的人，也是我心中的模範，更是我未來學習的目標，我也要像姐姐一樣努力，才能夠飛翔在屬於自己的那片天空。

影響我最深的人

陳玉貞

影響我最深的人是從我國小四年級就開始教我許多人生觀念的老師，他還會時常關心我的狀況。這個既溫柔又偉大的人，就是在陽昇補習班的邵老師。

邵老師在我還是小學四年級時，就開始教我數學了。因為我三年級的數學總是八十幾分，經過邵老師的教導後，我的分數提升到一百分，偶爾粗心大意九十幾分。另外，說到人生觀念，就邵老師最懂了。他時常告訴我要多做好事，不要批評別人，還會講很多有關人生觀念的故事，以示告誡我。還有，因為我姊老是做壞事，又要我幫他隱瞞，最後我終於崩潰了，所以邵老師總會關心我。

我又錯了不該錯的題目，邵老師不但不會罵我、不責備我，還告訴我下次小心一點，若是碰到較難的題目，實在搞不懂時，邵老師也會不厭其煩的幫我一題題解答，甚至解釋到我弄懂為止，事後還會出一些題目讓我反覆練習，讓我完完全全了解題目的意思，真是太感謝邵老師了！

俗話說：「吃果子拜樹頭。」人要懂得飲水思源，別人對我們好，同樣的也要感謝人家、回報人家，所以我要對邵老師心存感謝，而且把邵老師教我的東西都記起來，以回報邵老師對我的教育之恩。

邵老師，謝謝您！

影響我最深的一個人

陳好

影響我最深的一個人是我小學四年級的導師——劉老師。劉老師是一個很溫柔的老師，說話輕聲細語，很少罵人，對每一個同學都很關心。

小學四年級的我，在班上的職務是班長，常常扮演「黑臉」的角色，再加上其他種種的原因，導致我在班上的人際關係不是很好。劉老師知道這件事之後，就更加的關心我，希望能改善我的人際關係。每天放學都把我留下來，花時間替我「輔導」。老師沒有罵我，也沒有責怪我，而是鼓勵我，每一次都是這樣。老師總是告訴我，要擴大自己的視野，去接受更多不同的人。這句話，深深的烙印在我的心裡。

老師從來不曾放棄要我改變態度這件事，面對老師的鼓勵與不放棄，我一點一點的進步。今天，我能結交到這麼多的好朋友，都要感謝這位優秀的老師。劉老師對每一個學生都很認真，也很負責，只要同學有不會的問題，她一定盡力而為，就算花上好幾個小時，也在所不辭。我能被她教到，真的很幸運！

劉老師教導了我很多做人處事的道理，也影響我很多，她真的是一位好老師，我希望以後還能再當劉老師的學生。如果還有機會，說我是全世界最幸福的人也不為過。

舊詩新作—過故人莊

舊詩新作——過故人莊

呂昱峰

我的老朋友殺了雞，又煮了飯，要我過去吃。一到他家，看著桌上山珍海味，讓我口水直流、食指大動。要我到他家，在路上都沒吃東西，這一來都值得了。

我邊吃邊看外面的山、水，有如在仙境裡吃東西，他說我吃的東西都是他自己養的、自己種的，難怪那麼好吃。而他家前面就是曬穀場和種菜的地方，他又說他每天早上自己去挑水，自己照顧，把菜種得又白又大，吃起來又香又甜，而雞也是自己養，早上都要給他們吃穀物，牠們每天都跑跑跳跳，肌肉都很發達，肉也十分好吃。他說他從小什麼都不會，只好天天和爸爸拿鋤頭下田工作，之後就過著自耕自食的日子了。

我們聊了很久，太陽也要下山了，我回去之前他告訴我說重陽節時要再回來喝酒，欣賞菊花、聊天。我回去後便把「過故人莊」這篇詩寫了出來。

舊詩新作——過故人莊

許遠智

在一個風和日麗的夏天，我的老朋友他殺雞煮飯做了一頓佳餚，邀請我去他在鄉下的家坐坐。我一收到郵件就馬上整理行李，可是行李太多了，只好先請快遞公司幫我送到他家去。

過了幾天，終於要準備去的時候，想到他家在中國的某一個角落，中國這麼大要安怎找出他家，我只好打手機給他，他給我換門號，沒法子了，只好請他用電子郵件把地址寄過來。

過了沒多久，我的行李被退回來了，原來是沒寫地址，當然被退回來了Y。又過了兩天，他回信了，他說：「先走北二高到機場，不用幾個小時就可以到中國了，到了之後搭火車到某某車站。」重點是我的車在兩年前就被砂石車撞爛了，沒法子只好叫計程車，到機場再買機票。

沿路上我看到許多鄉村景色，綠色的樹圍繞著村子，青山傍水真的好美！到了他家，他家真的美到不行，他請我吃山珍海味與我聊農事。我是都市人根本就不懂農事，他說等到了重陽節（農曆九月九日），這裡就會開滿菊花，等到那時我一定會再來這裡看那美麗的菊花，順便打幾場麻將。

等從老朋友他家回來之後，我就寫了一首叫「過故人莊」的詩，由於中間的糗事太多，就不方便寫出來了，還請多多包涵。

舊詩新作——過故人莊

謝淳安

屋外陣陣的東風吹拂著大地，四處呈現出欣欣向榮的生機，多麼悠閒的農村生活！在都市中，到處都烏煙瘴氣，大家的腳步十分繁忙，花草樹木也所剩無幾，相較之下農村真好！

「咻！咻！」春節即將來臨，家家戶戶都忙著大掃除，好忙碌呀！在如此熱鬧的春節，怎麼可以將那淳樸的農村遺忘呢！那可是今年春節最令人期待的事呢？終於可以和兒時的玩伴相聚了，我們相隔如此的遙遠，但之間的情感卻一年比一年深。

獨自搭乘火車來到這美麗的農村，放眼望去，這不正是我最期待的生活嗎？坐在榕樹下悠閒的喝茶下棋，站在水圳裡抓小魚、小蝦和蛤仔，爬到樹上去採水果……等。真令人不敢相信自己能來到這個世外桃源，來到了朋友的家中，沒有令人害怕的瓦斯爐，只有一個大灶。看著他熟練的升火煮飯，好令人羨慕啊！能夠生活在這兒真好！

時間過得真快，才一轉眼，寒假又即將結束，我正和田裡的小鴨們愉快玩耍，忘卻了那些沉重得令人無法喘息的煩惱呢？現實仍然無法逃避，只好與友人告別，繼續為課業奮鬥呢！

舊詩新作——過故人莊

魏詰祐

我的一位老朋友，住在一座大型的雞舍旁邊。有一次他打電話來，邀請我帶著全家大小一起去他家玩，結果我一路開車到了雞舍，他又打電話跟我說：「對不起啊！我忘記跟你說我搬家了，新家在綠樹村青山巷一百六十八號。」我很生氣，但是已經都從雲南到山西了，不去也有點不好意思，結果我到達他家時，整個傻眼了，他家竟然在四塊農田的中央。

結果我一路氣呼呼又小心的走在田中央的小路到他家，正要罵他一頓時，他把我拖進庭院，沒想到他請阿機師擺了一大桌的流水席，坐下一看，發現整座村莊都被紅檜樹林圍繞著，而從我坐下的角度望過去，農田及檜木的後方就是著名的喜馬拉雅山！他得意地說：「只要無聊沒事時，就會去爬一下喜馬拉雅山，我還登頂過五次呢！」

才剛吃完新鮮的生魚片，他拿出了兩個酒瓶說：「這裡面一瓶是麻油，一瓶是一八七五年的桑葚酒，看我們誰比較衰，喝到那一瓶麻油。」結果我讓他先選，他還喝到麻油呢！

吃完了阿機師的流水席，我們順便打了幾圈麻將，贏了他不少錢。等到要回家時，他叫住我說：「等到下一次重陽節的時候再來玩一次猜酒的遊戲，我會準備一九五八年的菊花酒來跟你玩喔！」口頭上是答應了他，但是心理ＯＳ：這種鬼地方，還有下一次嗎？

舊詩新創——過故人莊

林柔

與我認識多年的老朋友，準備了豐盛的佳餚，有慢火熬煮的燉雞，和美味可口的炒蛋，盛情的邀請我到他家作客。

前往老友家的路上，晴朗無雲的藍天，顯露出當天的心情。柔和的微風，帶著淡淡的芬多精，濃密茂盛的樹林，圍繞在這和樂融融的村莊外，在路旁也有許許多多的稻田，經過的每一戶人家，都是朝氣蓬勃的。小孩和小狗在玩追逐遊戲，老人則是坐在陰涼的樹蔭下，喝茶、聊天、下棋。另外一些婦人坐在小河旁，洗著全家大小的衣服，而男人大概都去田裡，頂著烈日，為全家的生活努力。走到山腰時，往下俯瞰，翠綠的山脈斜臥在高聳的城牆邊，緊緊的依偎著。

抵達朋友家，他住在高山頂上，在房子的前面有個晒穀場，上面鋪滿了和天上的星星一樣，數不完的金黃穀粒，另一旁有五彩繽紛的花兒，和翩翩起舞的蝴蝶。我們在他家後院裡，鋪上了一塊軟綿綿的墊子，將剛剛老友準備的菜餚端上，看看眼前的佳餚，每一道都令人垂涎三尺，配上濃醇的酒，真是人間極品。我們坐在樹下一同喝酒，欣賞這詩情畫意的情景，閒聊著恬靜的農田瑣事，和那些說也說不完的新詩創作。

我們越聊越開心，也忘了時間的流逝。在樹下我們訂了一個約定，九月九日重陽節之時，再來一起欣賞菊花、飲菊花酒。在夕陽的餘暉之中，我向老朋友道別，在回家的路上，我回憶著當天發生的所有事，也難以忘記當天的約定，不知下次的到來，會盛開多少花朵？

遊記

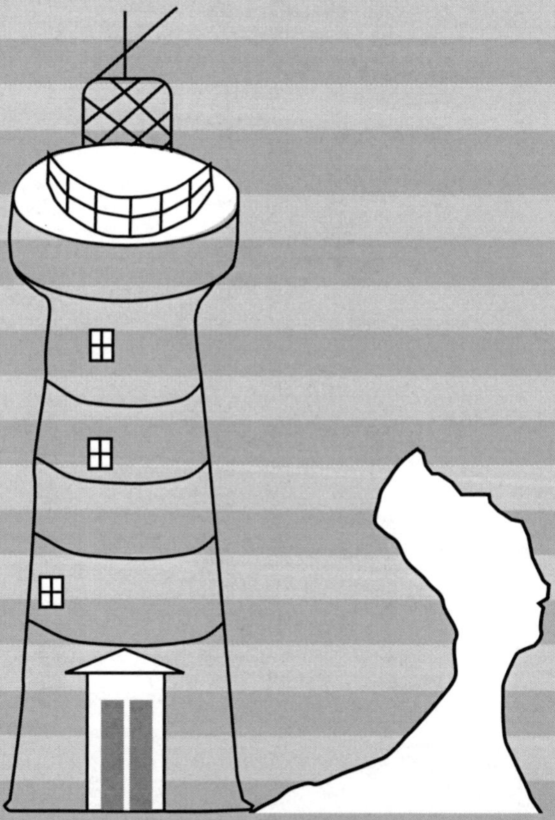

遊記

魏喆祐

寒假一轉眼就過去了，也是到了該趕寒假作業的時間了，喔！不是，是該檢查寒假功課有沒有寫的時候了。

在寒假中大家有出去玩嗎？還是待在家裡面當個「御宅族」呢？我呢，因為某些個人因素，所以去的地方也不多。但是這篇題目是遊記，所以還是得想出一個吧！如果硬要說的話，大概就屬去看桃園燈會吧！

當天晚上因為正「櫻櫻每帶子」，所以妹妹提議去燈會，而爸爸居然贊成耶，當下我真是傻眼（＝＝），又因為要擠出一篇遊記，所以還是去了。

在快到燈會會場時，大塞車！所以車子停得較遠，大概要走半個小時才可以到達會場。到達時大家早已飢腸轆轆，所以和妹妹的「乾媽」一起先去美食街，吃點東西騙騙肚裡的餓蟲。

吃完了，大家便一同前往主燈的會場，首先經過一座橋到達另一邊，迎面而來的是由附近的「光明國中」學生所製作的花燈，看到這些花燈時，才發覺他們真是有耐心，因為旁邊的導覽牌上寫著：此區花燈為「光明國中」的學生花費三個月所製作出來的，每一個花燈都充滿著他們的汗水、歡笑、耐心、淚水……等，所以請勿破壞。走完花燈區以後，到達了主燈的地方了，這次的主燈特別不同的是還會有水舞的表演呢！

走完了主燈區，剛剛好快八點了，於是我們到橋上「卡位」，到達八點時，首先上場的是水舞秀，接下來則是燈會的重頭戲「放煙火」。這次的煙火可說是花費百萬以上的資金呢！看完了絢麗奪目的煙火後，我們才依依不捨地踏上回家的路。

雖然這次看燈會走得很累，但是看到了煙火也算值得了。而我的遊記也有了著落，真是「一兼二顧，摸蜆仔兼洗褲」。

寒假記遊——中南部兩日遊

劉芷伶

中南部兩日遊的第一天我們去了新港、北港、鹿港這三個有名的廟拜拜。我發覺其實拜拜是非常有趣的，而且還感覺神明一直在你旁邊保護你呢！這三個廟拜完之後，天也黑了，我們就回到很有日本感覺的民宿睡覺。

隔天早上聽到民宿的老闆呼喊著：「吃早餐了！」我們全部人就跳起來，把東西整理一下，下去吃早餐了！吃完好吃的早餐後，爸爸就載著我們一家四口和外婆準備要去東豐綠色走廊騎腳踏車，終於到了租腳踏車的店，我們就選了自己想要的腳踏車，但因為媽媽和外婆比較懶惰，所以她們就選了電動的腳踏車。大家都騎上自己的腳踏車後，從起點（東勢）開始騎，一路上一邊騎一邊欣賞美景，而且空氣又好，彷彿快要飛上天了！我們還經過零蛋月台，零蛋月台裡還有廢棄的火車車厢，可讓遊客在那裡拍照呢！

我們休息一下後，又繼續騎，竟然騎到國道四號那，想說怎麼沒路了！我當場嚇到，趕快拿地圖出來看，結果發現騎太快了！在剛才那就要轉彎了，於是我們又繼續騎，離終點越來越近了，我們騎進了一條很長很長的九號隧道，我們大家心裡想說，也太長了吧！終於看到有一道光照進來，那就是出口了！大家都在想：哇！終於有救了！於是我們終於騎出了九號隧道，到達終點了。媽媽就幫我在九號隧道（終點）拍了許多照片。

這一次騎腳踏車算是最累、最辛苦的一次！但我覺得是非常值得的！我想這次騎腳踏車的行程，是讓我很難忘記的！

綠島之旅

陳玉貞

一年一度的過年又來臨了，我們全家也一如往常的回綠島拜年，只是，今年堂姊們因為有事，所以沒有回去過年，也讓我們少了很多歡笑，不過，我們還是玩得很開心。

第一天，由於我們到綠島時已經很晚了，再加上下雨，所以沒有玩什麼。但是第二天就不一樣了，天氣放晴了，太陽公公出來了，早上去了好多廟拜拜，還有看到梅花鹿跟山羊呢！下午我們便去海邊玩水、撿貝殼，我在海裡找到一塊上面超多寄居蟹的石頭，被太陽曬得亮晶晶的沙子上面佈滿貝殼。另外，我找到一個地方有超多星砂，我想大概是別人家的小孩放的吧！

第三天下午，我跟姊姊去浮潛，因為堂哥就是帶浮潛的，想說無聊就去玩一玩吧！在水裡可以看到各式各樣的魚，真是大開眼界呢！晚上我跟姊姊去逛街，那裡有各式各樣的精品店，有海洋型的，也有綠島監獄型的。除此之外，還有一樣東西很特別，那就是——炸海藻球。隔天早上下雨，晚上就騎著摩托車去夜遊，我們去看星星、小鹿斑比，後來去看觀音洞，廟裡有一個洞，洞裡有一個石頭很像史努比，還有一個會抽菸的龍，超神奇的！

這趟綠島之旅真是收穫滿滿，樂趣無窮，令人難忘！

一個有趣的夢

一個有趣的夢

謝淳安

「唧！唧！唧！」窗外響起陣陣的蟬鳴聲，又是個溫暖的夏日午後時光。講臺上老師正賣力地傳授我們各式各樣的新知和做人做事的道理，而臺下卻傳出了一陣陣的嘻笑聲和打呼聲，而我也漸漸地敵不過瞌睡蟲的誘惑了。

等我再次睜開雙眼，卻發現悶熱且擁擠的教室不見了，轉而替代的是廣闊的草原。頑皮的學生不見了，變成了一隻隻自在的鳥兒翱翔天際。書桌變成棋盤，我正和鼎鼎大名的周公下著棋呢！他看起來神色自若，十分悠閒的樣子，而我卻正為考試煩惱著，眉頭打了一個又一個的死結。

「呵！呵！呵！你又輸了！」桌子的那一頭傳來周公的笑聲，哎呀！一不小心魂又飛到了不久將至的那場重大的考試，「唉！」我不禁嘆了口氣，這口氣讓正為勝利手舞足蹈的他停了下來，他似乎看透了我的心思，他意味深長的緩緩說出：「功名錢財乃身外之物呀！」頓時有如當頭棒喝打在我身上。

正當我細細回味這句話時，一陣天翻地覆，飛沙走石，當我睜開雙眼時，眼前一片黑暗，原來是老師早已站在我的面前，同學們又是一陣哄堂大笑，啊！原來只是一場夢呀！

少年文學04　PG0927

那一年，我們十三歲
——中學生作文集

主編／楊秀嬌
責任編輯／林千惠
圖文排版／彭君如
封面設計／陳佩蓉
出版策劃／秀威少年
製作發行／秀威資訊科技股份有限公司
114 台北市內湖區瑞光路76巷65號1樓
電話：+886-2-2796-3638
傳真：+886-2-2796-1377
服務信箱：service@showwe.com.tw
http://www.showwe.com.tw

郵政劃撥／19563868
戶名：秀威資訊科技股份有限公司
展售門市／國家書店【松江門市】
104 台北市中山區松江路209號1樓
電話：+886-2-2518-0207
傳真：+886-2-2518-0778

網路訂購／秀威網路書店：http://www.bodbooks.com.tw
國家網路書店：http://www.govbooks.com.tw
法律顧問／毛國樑　律師

總經銷／聯寶國際文化事業有限公司
221新北市汐止區康寧街169巷27號8樓
電話：+886-2-2695-4083
傳真：+886-2-2695-4087

出版日期／2013年3月　BOD一版　**定價**／270元
ISBN／978-986-89080-6-2

秀威少年
SHOWWE YOUNG

國家圖書館出版品預行編目

那一年,我們十三歲 : 中學生作文集 / 楊秀嬌主
編. -- 一版. -- 臺北市 : 秀威少年, 2013.03
面； 公分
ISBN 978-986-89080-6-2(平裝)

859.7 102002631

讀者回函卡

感謝您購買本書，為提升服務品質，請填妥以下資料，將讀者回函卡直接寄回或傳真本公司，收到您的寶貴意見後，我們會收藏記錄及檢討，謝謝！

如您需要了解本公司最新出版書目、購書優惠或企劃活動，歡迎您上網查詢或下載相關資料：http:// www.showwe.com.tw

您購買的書名：________________________________

出生日期：________年________月________日

學歷：□高中(含)以下　□大專　□研究所(含)以上

職業：□製造業　□金融業　□資訊業　□軍警　□傳播業　□自由業

□服務業　□公務員　□教職　□學生　□家管　□其它_____

購書地點：□網路書店　□實體書店　□書展　□郵購　□贈閱　□其他

您從何得知本書的消息？

□網路書店　□實體書店　□網路搜尋　□電子報　□書訊　□雜誌

□傳播媒體　□親友推薦　□網站推薦　□部落格　□其他__________

您對本書的評價：（請填代號　1.非常滿意　2.滿意　3.尚可　4.再改進）

封面設計____　版面編排____　內容____　文／譯筆____　價格____

讀完書後您覺得：

□很有收穫　□有收穫　□收穫不多　□沒收穫

對我們的建議：________________________________

____

____

____

請貼
郵票

11466
台北市內湖區瑞光路 76 巷 65 號 1 樓
秀威資訊科技股份有限公司 收
BOD 數位出版事業部

（請沿線對折寄回，謝謝！）

姓　　名：＿＿＿＿＿＿＿＿　年齡：＿＿＿＿　性別：□女　□男

郵遞區號：□□□□□

地　　址：＿＿＿＿＿＿＿＿＿＿＿＿＿＿＿＿＿＿

聯絡電話：(日)＿＿＿＿＿＿＿＿　(夜)＿＿＿＿＿＿＿＿

E-mail：＿＿＿＿＿＿＿＿＿＿＿＿＿＿＿＿＿＿